LA TRAHISON
DES LUMIÈRES

Jean-Claude Guillebaud

LA TRAHISON
DES LUMIÈRES

Enquête sur le désarroi
contemporain

Éditions du Seuil

ISBN 2-02-029153-3
(ISBN 2-02-23447-5, 1ʳᵉ publication)

© Éditions du Seuil, janvier 1995

Le Code de la propriété intellectuelle interdit les copies ou reproductions destinées à une utilisation collective. Toute représentation ou reproduction intégrale ou partielle faite par quelque procédé que ce soit, sans le consentement de l'auteur ou de ses ayants cause, est illicite et constitue une contrefaçon sanctionnée par les articles L. 335-2 et suivants du Code de la propriété intellectuelle.

Pour Michel Albert

I

UN SIÈCLE
PRÉMATURÉ

Le 9 novembre 1989[1], à Berlin, le XXᵉ siècle s'est achevé prématurément. Avec onze ans d'avance, l'an 2000 nous tombait du ciel. On s'est réjoui trop vite. Il faudra se souvenir des candeurs de l'époque… La déconfiture des tyrannies et des goulags, ce « génie de la liberté » qui jetait à bas murs et miradors, tout préparait l'avènement de cette « société globale d'individus » rêvée par Kant, de cette « civilisation coordonnée à l'échelle universelle » évoquée par Hannah Arendt[2]. Le deuxième grand totalitarisme du siècle, celui-là même qu'on croyait figé dans son éternité de bronze, tombait en poussière cinquante ans après le premier. Et sans guerre mondiale ni procès de Nuremberg, cette fois. Le siècle qui les avait enfantés l'un et l'autre basculait sur son axe, et notre monde – c'est vrai – paraissait se « retourner[3] ». Pour la première fois, des valeurs

---
1. Ouverture d'une première brèche dans le mur de Berlin.
2. Hannah Arendt, *L'Impérialisme*, Fayard, 1987.
3. Bertrand Badie et Marie-Claude Smouts, *Le Retournement du monde*, Presse de la FNSP, 1993.

compatibles, des convictions communes, un même credo politique s'offraient au partage des hommes. Apothéose démocratique ? Fin de l'Histoire ? Ce fut, en tout cas, un bel alléluia. Pendant l'hiver 1989-1990, on crut apercevoir dans ce fatras de ruines, derrière la fumée des écroulements, la promesse d'un monde réconcilié.

La joie fut brève.

Le siècle était bien mort mais son cadavre puait. De dessous la banquise en débâcle, on vit resurgir des libertés longtemps bafouées, des nationalités renaissantes mais surtout d'inimaginables fantômes, comme rassemblés pour la parade du nouveau millénaire. Mêlés aux promesses du moment, de vieux ressentiments ressuscitaient, que le temps n'avait point usés : particularismes barricadés, déterminations belliqueuses, violences groupusculaires. En Europe ou ailleurs, on ressortait les cartes de géographie et les vieux traités, on articulait des doléances frontalières, linguistiques, ethniques ou villageoises. (Au IIe siècle, le Syrien Bardesane décrivait déjà le réveil des « pays » sur fond de lassitude impériale.) Nos journaux durent réapprendre en quelques mois une litanie de noms propres oubliés depuis trois générations sur les cartes scolaires de Paul Vidal de La Blache : Moldavie, Bosnie-Herzégovine, Tchétchénie... Le présent, étrangement, retrouvait le ton sépia des vieilles séquences d'actualité.

Libéré de ses carcans, désarrimé, le monde s'émiettait bien plus vite qu'il ne s'unifiait. Et pas seulement en Europe. Le village planétaire vers lequel, pensions-nous, s'acheminait la modernité, se fragmentait finalement en quartiers rivaux et hameaux jaloux. A l'utopie de l'uniformité répondait – partout – le fétichisme de la différence. Stupeur ! Le doux commerce de Montesquieu, même mondialisé, même converti en « rationalité marchande » et colporté à tue-tête par *CNN*, n'avait pas raison des passions et des appartenances. Bien au contraire, il exacerbait celles-ci en prétendant les déraciner. Concomitance des contraires... Voici que, dressées de part et d'autre des frontières, s'affrontaient à nouveau ces « haines au teint livide » que décrivait, au XVe siècle, le théologien allemand Nicolas de Cues[1]. Le monde s'échauffait peut-être de désir en contemplant nos marchandises et nos licences mais au ras du sol, là-bas, sur les gravats de l'ancienne tyrannie, au lieu et place des polices politiques proliféraient déjà les mafias et les sectes.

Deuil prématuré d'une espérance...

De la commodité des empires

Aujourd'hui, le siècle nouveau comme le millénaire qui s'annonce sont à ce point « retournés » qu'ils nous semblent à peu près opaques. Un désarroi pèse sur le monde occidental et sur ce « club des sept » (les pays riches) embarrassé par sa propre victoire. Dégrisé de son optimisme, l'homme occidental avance vers l'avenir de

---

1. Le cardinal Nicolas de Cues (1401-1464) fut l'auteur de la dernière grande somme scolastique du Moyen Age. Il fut aussi l'adversaire déclaré de l'aristotélisme.

façon étrange ; il titube à contrecœur comme s'il était promis non point à la « fin de l'Histoire » mais à la déportation vers l'inconnu. L'avenir ? Sa représentation elle-même est hors de portée. Le futur a cessé d'être une destination raisonnable et le progrès autre chose qu'une fable suspecte. « Nous avons basculé dans une précarité inattendue, chuchote-t-on. Les sociétés vivent de probabilités dénombrables. A présent, tout est devenu possible et, dans ce tout, il faut inclure l'inimaginable. Chaque pensée abrite une inquiétude latente[1]. »

« Le fond de l'air du temps, c'est la défensive et le retrait inquiet du quant-à-soi. [...] Il n'y a plus que des relations d'incertitudes[2]. » Par la force des choses, dit-on encore, les intellectuels qui étaient des marchands de bonheur sont aujourd'hui des prophètes de malheur[3].

La planète est devenue aussi peu gouvernable qu'un navire échappé de son erre. Le vieil ordre de la terreur, cette cogestion du monde par deux maîtres rivaux, cette raison obligée, verrouillée par la promesse d'un anéantissement croisé, a vécu. Comme a vécu le temps des clientèles, des zones d'influence et des deux « grands », condamnés à la connivence par la virtualité du pire. Yalta, comme jadis l'édit de Nantes, est révoqué. Finis les deux molochs mimétiques – l'Est et l'Ouest – qui, depuis un demi-siècle, frottaient l'une contre l'autre leur puissance, faisant jaillir sur les

---

1. Chantal Millon Delsol, revue *Commentaire*, n° 65, printemps 1994.
2. Marcel Gauchet, « Le mal démocratique », revue *Esprit*, octobre 1993.
3. Olivier Mongin, *Face au scepticisme*, La Découverte, 1994.

marges, loin de nous, des guerres par procuration, impitoyables mais contrôlées. Le monde a perdu ses pôles, ses centres, ses gendarmes, ses cohérences. De partout fusent des violences locales, autonomes, face auxquelles les anciennes tutelles atomiques sont moins opératoires que des fusils de bois. Le canon tonne et, cette fois, c'est dans les banlieues européennes de Paris ou de Rome. Ce qui habite la planète, ce n'est plus le spectre prométhéen de l'apocalypse, c'est la réalité quotidienne, répétitive des égorgements locaux, des purifications ethniques et des massacres impunis. Si l'ordre ancien était tyrannique, le désordre nouveau, polycentré, hagard, est rouge de sang. Si rouge qu'on voit poindre déjà, sous le verbiage poli des diplomates, d'évasives nostalgies pour la commodité bien époussetée des empires.

Fragilités démocratiques

Chez nous, en Occident, règnent encore l'indolence repue et la profusion des marchandises. Nous bivouaquons dans un présent gavé de pain et de jeux. Les temps ne sont durs que pour quelques-uns. Collectivement, en effet, nous avons transféré le poids du présent sur les épaules d'une minorité malchanceuse. Les exclus, ces nouveaux esclaves, assument à eux seuls le souci des dettes. Pour le reste, le scepticisme désenchanté et la dérision rigolarde gouvernent l'air du temps. Mais la peur du manque, en vérité, est obscurément revenue dans la cité. Et, avec elle, la conscience d'une insécurité nouvelle, d'un ébranlement souterrain qui laissent à peu près sans voix les politiques.

Lequel oserait articuler tout haut ce qu'il pressent ? Ceci. L'enrichissement continu sur lequel nous avions fondé, après la guerre, nos systèmes démocratiques et gagé la paix sociale apparaît crûment pour ce qu'il était : moins un destin garanti qu'une temporalité éphémère, une phase hors normes du destin occidental, le fruit d'une reconstruction d'après guerre. Il n'est pas impossible que la fête soit finie... Du coup, le modèle européen lui-même s'en trouve *virtuellement* ruiné. Trente glorieuses, État-providence, Sécurité sociale et *tutti quanti*. Sous les replâtrages au jour le jour, derrière les chipotages de la politique, se creuse déjà un vide aussi profond qu'une question. Qu'était donc, au fond, cet « état de croissance », sinon une commode mise en abîme de l'inégalité, une trêve partielle entre riches et pauvres, patiemment reconduite de budget en budget ?

Quand le gâteau grossit, les disputes sont négociables et, au-delà des guerres civiles froides, le social se gère. Par anticipation. Depuis un demi-siècle, les lendemains n'apportaient-ils pas – inlassablement – du meilleur ? Des lendemains sur lesquels les Européens avaient appris, en lisant Lord John Maynard Keynes, à tirer des traites. Ce n'est plus le cas. Dans l'Europe aux anciens parapets, la « croissance forte » a faibli, quand elle ne s'est pas arrêtée. C'est ailleurs, vers l'Asie mirobolante, la Chine affolée d'enrichissement ou l'Orient industrieux que la croissance s'est expatriée. Chez nous, c'est à peine si elle retrouve ses tempos modestes d'autrefois – disons deux pour cent l'an – et joue l'Arlésienne du vaudeville électoral. L'avenir, sur ce terrain, ne promet plus grand-chose. Au-delà des litotes de circonstances, tout se passe comme si, sous les pieds du politique, on avait cruellement tiré le tapis.

Ainsi, un fantasme nouveau hante-t-il désormais l'Europe, celui de la consubstantielle *fragilité* démocratique. Une inquiétude qui sporadiquement s'exprime à voix haute. Mais pas si souvent… Citons cet essayiste allemand assez téméraire pour vendre la mèche. « L'Occident, demandait-il en 1994, quelle force de cohésion sociale représentera-t-il lorsqu'il s'agira d'abandonner le mode de vie et le bien-être de la société industrielle ? Comment pourra-t-il réussir, sans guerre civile ni effondrement des institutions, à faire régresser les exigences matérielles des générations futures jusqu'à un niveau que l'on doit qualifier de modeste comparé à ce que nous connaissons aujourd'hui ? Qu'adviendra-t-il de l'individualisme occidental dans le cadre d'une concurrence mondiale où il faudra se battre pour les ressources et faire prévaloir sa propre vision du monde face à des civilisations plus rigides et plus communautaires ? Jusqu'à quel point l'Occident peut-il se montrer décidé dans la défense de son mode de vie sans se détruire lui-même de l'intérieur[1] ? »

Pessimisme exagéré ? Ce n'est pas sûr.

Voyez déjà comme, privées de ce grand lubrificateur

---

1. Éditorial publié en première page de la *Frankfurter Allgemeine Zeitung*, sous la signature d'Eckart Fuhr, en juin 1994.

social à quatre ou cinq points annuels, nos démocraties se durcissent, se raidissent, tandis que réapparaissent, après démaquillage, les corporatismes, les individualismes frénétiques, les égoïsmes nus et cette « avidité des riches » que – bien avant le christianisme – condamnait déjà Aristote[1]. A croissance molle, société dure[2]. Dans un jeu à somme nulle, la patience n'est plus de mise. L'heure est aux rentiers teigneux, aux démantèlements méchants, aux exclusions sans merci et aux corruptions en col blanc. C'est pied à pied que la vieille social-démocratie et son « État-providence » font retraite. On répète un peu partout qu'ils n'ont pas le choix. Nous serions devenus un canton trop riche, trop vieux, trop lourd, dans un monde maintenant livré à la rivalité de tous contre tous. Pour affronter l'épuisant défi du marché mondial et sauver notre peau, il s'agirait de réviser à la baisse – de dévaluer, en somme – l'idée même que nous nous faisions de la justice. Aux dernière nouvelles, le SMIC à quatre mille cinq cents francs net serait déjà trop… Sous les fumées du mensonge électoral, derrière la crânerie du menton levé, la compétition entre une droite et une gauche interchangeables a désormais un seul enjeu sérieux : à quel rythme gérer ce recul ? Comment organiser, en bon ordre, cette retraite en rase campagne ?

---

1. Aristote, *L'Éthique à Nicomaque*, Liv. V, 2, Éd. Vrin. On y trouve notamment cette proposition : « On considère comme injuste à la fois celui qui viole la loi, celui qui prend plus que son dû, et enfin celui qui manque à l'égalité. »
2. L'expression est de l'économiste Michel Albert.

La politique se résumerait à une querelle de dosages. Il me semble qu'on est tombé d'assez haut.

Un pas de trop

Ces régressions inégalitaires[1], ces cruautés acceptées qui minent déjà nos sociétés et jettent des clochards de vingt ans sur nos trottoirs coïncident avec des désarrois d'une autre nature. Les concepts mêmes sur lesquels nous fondons nos catégories politiques se brouillent ou se dissipent.

Deux figures emblématiques du mal structuraient jusque-là nos certitudes démocratiques : un mal absolu, le nazisme, et un mal relatif, le communisme. La chute finale du deuxième, étouffé sous ses meurtres et ses échecs, a brisé une symbolique en introduisant subrepticement un principe d'équivalence. La diabolisation finale de cet ancien « mal relatif », la révision de son statut après la chute réalignaient, par une sorte d'effet mécanique, les deux totalitarismes l'un sur l'autre. Au même étiage. Finie la claire indication d'un nord magnétique, finie la conscience indiscutée d'un seul mal sur lequel chacun étalonnait ses positions. Il faudra maintenant en désigner au moins deux : Hitler et Staline ; même passif et même référence négative... On répète cela à tout va. Étourdiment. On s'est mis à compter et recompter les charniers de part et d'autre, à mieux mesurer les kilomètres de barbelés, les men-

---

1. Voir Laurent Joffrin, *La Régression française*, Le Seuil, 1992.

songes et les assassinats respectifs. Mais consentir à ce réalignement, c'est bousculer en profondeur nos catégories mentales, fragiliser les fondations d'après guerre, affoler les boussoles à la barbe de l'équipage. Tout se passe au bout du compte comme si les Kolyma staliniennes relativisaient peu à peu les Ravensbrück hitlériens. Comme si Berlin et Moscou, après inventaire, se repartageaient plus équitablement la charge du crime et la mémoire du siècle [1].

Emportés par la joie de célébrer les funérailles du communisme, trop heureux de jeter enfin sa dépouille dans la fosse commune, on a peut-être fait un pas de trop. Hier encore, le vieux débat sur les deux totalitarismes et cette « question maudite » de leur équivalence paraissaient réglés. Ni les millions de zeks soviétiques, ni les terreurs staliniennes, ni l'imposture à tête de chien du communisme réel, ni même ses charniers n'autorisaient la comparaison. Entre la *négation* hitlérienne du judéo-christianisme et son *dévoiement* par l'hérésie léniniste, on ne pouvait, malgré tout, faire balance égale. Entre l'exécution des koulaks et la crémation des juifs, nulle analogie n'était absolument légitime. Au cœur de la pathologie hitlérienne, une spécificité diabolique, une différence irréductible et fondatrice demeuraient.

C'est peut-être ce verrou-là qui a sauté, semble-t-il,

---

1. Exemple parmi d'autres, la publication d'une traduction de l'ouvrage de l'historien britannique Alan Bullock, *Hitler and Stalin : Parallel Lives*, parue chez Albin Michel en 1994 sous le titre plus neutre : *Hitler et Staline*.

entre 1989 et 1990[1]. Mais craignons que cette porte ouverte ne donne sur le vide.

S'étonnera-t-on que, depuis lors, prolifèrent autour de nous les révisionnismes. De partout, pour peu qu'on prête l'oreille, montent les mêmes chuchotements, des « après tout », des « finalement », des « peut-être bien ». Il y a les révisionnismes avoués et les autres. L'attaque frontale – et pour ainsi dire fruste – d'un archiviste maniaque niant l'existence des chambres à gaz, mais aussi les relégitimations plus patientes qui font la part du feu grignotent le terrain, creusent leurs galeries invisibles, procèdent par détours sémantiques ou lapsus. Sans compter les révisions moins subalternes qu'on ne le croit qui « mettent en examen » (au sens judiciaire du terme) les postulats mêmes de la fondation démocratique : égalité, justice, représentation, vérité... Ces révisionnismes-là sont moins facilement repérables. Ils ont la couleur du temps. Ils sont les passagers clandestins de la culture ambiante. Ils sont même à la mode et participent de la jobardise du moment.

Détourné d'un avenir qui se dérobe, on s'épuise, jour après jour, à recomposer le passé. Des archives s'ouvrent, des « révélations » surgissent, des conjectures – vraies ou fausses – se chuchotent qui disqualifient jour après jour la mémoire sans qu'on en prenne clairement conscience. Pour user d'une métaphore infor-

---

[1]. A noter qu'un Raymond Aron, par exemple, avait changé d'avis un peu plus tôt, vers la fin des années 70. D'abord hostile à ce principe d'équivalence entre les deux totalitarismes, il y consentait vers la fin de sa vie (notamment dans ses *Mémoires*, publiés en 1983).

matique, chacun tripote désormais sans prudence le
« dossier système » de la démocratie.

Archives cafteuses contre mythes fondateurs, histoire contre mémoire : la vérité y gagnera peut-être. Mais la conscience partagée, le « roman républicain » n'ont qu'à bien se tenir. Comment réinventerons-nous ce qui nous tenait assemblés ?

S'évader du présent

Nous sommes dans ce brouillard, piteusement échoués dans ce qu'Edgar Morin appelle une « période de basses eaux mythologiques ». *The time is out of joint* (le temps est hors de ses gonds), disait Hamlet. Le langage lui-même trahit cette panne de confiance. Nous voilà incapables de nommer le présent et l'avenir autrement qu'en inventant des catégories indécises. L'inflation du préfixe « post » est à prendre pour un aveu : postnational, postindustriel, postdémocratique, postmodernité… Nos débats mobilisent le plus souvent des catégories sans contenu et des concepts aléatoires.

Un flou, un scepticisme étrange habitent bel et bien la modernité occidentale. L'essentiel de nos efforts, discours, déclamations vise à conjurer ce malaise. Au fond, il s'agit surtout de s'évader du présent et d'oublier l'avenir. Ce n'est pas une figure de style, ni une affaire de mode. Le fil invisible qui relie les attitudes et les bavardages contemporains, c'est la nostalgie recroquevillée. En deuil de son propre futur, la modernité occidentale se récite à elle-même une prosopopée du regret.

On ne s'attardera pas sur l'écume des petits engouements pour magazines ni sur les ruses malignes du marketing (le rétro, les sixties, le terroir, les boiseries d'époque, tout ça). On n'insistera pas non plus sur la maniaquerie commémorative qui – en France surtout – rassemble tous les trois jours la communauté nationale autour d'un anniversaire héroïque, une figure emblématique, la preuve répertoriée d'une énergie ancienne ou d'un courage notoire. Révolution de 1789, appel du 18 juin, débarquement de Normandie ou de Provence, Libération de Paris et autres lieux : depuis dix ans, on commémore comme on respire. Certes, en France, plus que nulle part ailleurs, la mémoire est constitutive de l'identité nationale. Marc Bloch le soulignait : « Il est deux catégories de Français qui ne comprennent jamais l'histoire de France : ceux qui refusent de vibrer au souvenir du sacre de Reims ; ceux qui lisent sans émotion le récit de la fête de la fédération. » Dans son ensemble, l'Europe demeure la *patrie du temps* aussi clairement que l'Amérique est celle de l'espace. Il n'empêche ! En France, cette boulimie de ressourcement, cette frénésie de liturgies historiques parlent d'elles-mêmes. Confusément apeurée, la France court chaque semaine abriter ses humeurs au Panthéon. Il arrive que ses voisins en sourient[1].

---

1. Voir, parmi bien d'autres, l'article cinglant publié par le *Financial Times* en juillet 1994. L'auteur s'y moquait de ces Français « qui semblent vouloir fuir les incertitudes de la vie moderne en s'enivrant du passé à coup de commémorations du débarquement en Normandie, de la présidence de G. Pompidou, ou à travers le récent procès de Paul Touvier ».

La vie culturelle française elle-même fonctionne dorénavant selon le principe – emprunté à l'audiovisuel – de la « rediffusion ». Littérature, cinéma, musique : on se réjouit surtout du *revival,* de la réédition, de la redécouverte tout en gérant précautionneusement le patrimoine. La culture tout entière – y compris la culture dite populaire – est surdéterminée par un même attendrissement rétrospectif. Cliniquement, le symptôme n'est pas bon.

Il arrive aussi que la nostalgie se travestisse.

Voyez ce grelot obstiné qui résonne dans l'air du temps, ces tocsins qui battent inlassablement le rappel. Des injonctions à la « vigilance » invitent chacun, sans cesse, à résister aux dérives, à se mobiliser contre l'infâme, à tenir tête aux fascismes. Ces mobilisations citoyennes obéissent à une intention irréprochable. Diable ! Plutôt la vigilance et la lucidité sourcilleuse que la « capitulation servile devant la sainte réalité[1] ». Halte aux révisionnismes ! De fait, le citoyen postdémocratique est sommé jour après jour de faire front contre le retour des vieux démons ou le réveil de la bête immonde. La rumeur du moment reprend un refrain obligé : mise en garde vertueuse et convocation emphatique du souvenir. Il n'est plus guère de manifestation publique – fût-ce un papotage radiophonique ou une distribution des prix – qui ne s'achève sur une évocation d'événements funestes dont il s'agirait d'empêcher le retour.

---

1. L'expression est de Cornélius Castoriadis, « Le délabrement de l'Occident », *Esprit*, décembre 1991.

Fort bien.

Ces objurgations ont leur mérite. Mais elles tiennent trop souvent lieu de pensée et nous livrent, pieds et poings liés, à l'hypothèse de la « répétition ». Ces convocations pour la prochaine bataille, ces appels aux créneaux suggèrent que tous les périls qui s'approchent sont clairement repérables et ressemblants. Si le fascisme vient, si les nazis ressuscitent, si le pétainisme rôde, cela signifie que nous n'avons rien d'autre à redouter qu'une réactivation des maladies d'hier. Camarades, les récidivistes ne passeront pas ! Ce qu'on nous invite à repérer dans la confusion du présent, ce sont les réincarnations à l'identique, les recommencements, les éternels retours. On nous convoque, jour après jour, pour d'héroïques *remake*. Une nostalgie redoutable est dissimulée là-dessous. Comme il serait doux de connaître, dès aujourd'hui, le contenu de notre feuille de route et l'affectation de notre futur maquis ! Oh, le secret espoir de retrouver à coup sûr l'ennemi familier ! Comme si le siècle qui vient n'était pas *aussi* porteur de menaces spécifiques et d'horreurs possiblement nouvelles ; comme s'il était avéré que les uniformes pâlis, les anciens slogans, les banderoles déjà écrites et les réflexes éprouvés feraient encore l'affaire. Face aux dangers futurs on s'en remet aux stratégies des réservistes. Folle imprudence !

Cette nostalgie militante est dangereuse en ce qu'elle se détourne, elle aussi, du présent et se désintéresse d'un avenir qui ne serait pas prévisible. Dressée tout entière contre un « retour » du mal, elle escompte secrètement pour demain une redistribution des mêmes cartes, l'irruption du même méchant, l'assaut des mêmes barbares. Faisant cela, elle ruine elle-même ses propres capacités de défense. La généreuse « vigilance » agit comme le faisaient, hier, nos états-majors : confiants dans la folle attaque de masse à l'heure des tranchées, misant sur l'infanterie à l'heure des blindés, rassurés par les fortifications de M. Maginot à la veille des « percées » fulgurantes, etc. Préparant sans cesse, en somme, la guerre précédente. Exposée par là même à d'éternelles défaites tactiques.

Aujourd'hui, on cède à la même inconséquence. On définit volontiers comme subalternes les problématiques qui ne sont pas encore répertoriées dans le manuel du combattant. Il en va ainsi des interrogations contemporaines sur l'argent fou, la technoscience, l'ambiguïté humanitaire, l'atomisation individualiste, le mensonge médiatique, le scientisme requinqué, etc. Rien de tout cela ne paraît très grave ni très intéressant pour qui attend les nazis l'arme au pied. Traçant une fois pour toutes la ligne de front, cette nostalgique « vigilance » nous encourage à déserter les combats qu'elle n'a pas officiellement annoncés.

Le paradoxe militant

La nostalgie pleure sans cesse sur la clarté perdue et les anciens manichéismes. Voyez aujourd'hui comment rôde ce qu'on pourrait appeler le paradoxe militant. Il tient en ceci. Le flou théorique, le brouillage des repères, l'opacité du monde, rien de tout cela n'empêche que perdure une propension disputeuse, agrippée à quelques affrontements clairs et nets. Comme ils l'étaient hier… « Le dualisme outrancier fait de nouveau recette : universalisme contre particularisme, républicains contre démocrates, kantiens contre nietzschéens, etc.[1]. » Cet affadissement délibéré du débat, cet évitement de la réalité signalent, en creux, je ne sais quel inassouvissement. « A chaque fois, les choix à faire sont présentés comme binaires : laïcité ou communautarisme religieux, intégration ou communautarisme ethnique, assimilation ou respect des différences[2]. »

Ce qui se manifeste là, c'est la volonté de maintenir en état de marche un théâtre où chacun connaîtrait sa place. La catégorisation outrancière est l'un des symptômes de la bêtise contemporaine. Elle permet de goûter – encore un moment, monsieur le bourreau ! – à la chaleur rassurante du groupe, du clan, de l'école ou de la secte, à la douce saveur des « mots de la tribu ». Ainsi se perpétuent bizarrement des familles de pensée sans réalité génétique, ainsi survivent des églises faussement rivales et pinaillant sur la seule liturgie. Différences résiduelles, en somme, classifications mondaines qui, faute de concepts à jeter dans la bataille, fétichisent les « procédures », décrètent les appartenances, réconfortent l'animalité des meutes.

Ces affrontements aux enjeux flous n'en sont pas

---

1. Christophe Prochasson, revue *Le Débat*, mars-avril 1994.
2. Olivier Roy, *Esprit*, février 1991.

moins acharnés. Cette bizarrerie s'explique par une vieille loi anthropologique mille fois vérifiée : c'est l'amenuisement des différences qui exacerbe les conflits ; les rivaux se déchirent d'autant plus qu'ils se ressemblent mieux[1]. D'où cette raideur un peu comique du débat contemporain, d'autant plus dogmatique qu'il est – en fin de compte – fratricide. L'effacement des vrais antagonismes (marxisme-libéralisme, collectivisme-individualisme, etc.), bien loin de déboucher sur un débat pragmatique à l'anglo-saxonne, a relancé chez nous la guerre des saintes familles.

Ainsi s'expriment, dans la France de 1995, des certitudes d'autant plus implacables qu'elles sont sans contenu. Il s'agit le plus souvent de défendre des positions, des réseaux ou des rentes, tout en serrant les rangs pour traverser le désert. Faute de mieux demeurent, contre vents et marées, les intérêts groupusculaires, les fidélités instinctives ou les connivences épidermiques. Ne vous trompez pas trop sur les grandes bagarres théoriques qui enflamment Paris chaque semaine. Les drapeaux brandis n'expriment plus guère d'engagements intelligibles. Ils tiennent surtout les copains rassemblés, au moment où la corporation des clercs devine qu'elle ne pèse que le poids d'une plume dans l'air du temps[2].

---

1. Voir, notamment, toute l'œuvre de René Girard qui élucide ce paradoxe.
2. Parmi bien d'autres, un sondage de la SOFRES sur le thème « quelles sont les catégories qui détiennent le plus de pouvoir en France ? » révélait que 64 % des réponses désignaient les hommes politiques, 59 % les banquiers et… 1 % les intellectuels.

Même sur le terrain des idées, la nostalgie pousse comme un chiendent.

L'optimisme impitoyable

Gardons justement ici, pincée entre deux doigts, cette dernière hypothèse d'une nostalgie d'autant plus farouche qu'elle est moins assurée d'elle-même. Elle nous donne la clé du malaise contemporain qui est le sujet de ce livre. Au bout du compte, c'est la modernité occidentale tout entière qui, face aux nouveaux barbares, cède à la même inclination. Une arrogance têtue a surgi tout armée de cette victoire inattendue sur le communisme. Comme si l'Occident, en bonne conscience, se sentait à nouveau dépositaire du destin planétaire, comptable et artisan de l'émancipation universelle, avant-garde assermentée du mondialisme en marche. Campé face aux replis culturels de l'Arabie ou de l'Asie Mineure, dressé contre les frilosités nationales de l'Est ou les rémanences du religieux, l'Occident se comporte comme s'il refoulait son propre désarroi, ignorait le vide dont il se sait porteur. Ce vide que le théologien protestant Jacques Ellul appelait « l'idéologie du néant [1] ».

---

1. Voir Jacques Ellul, *Métamorphose du bourgeois*, Calmann-Lévy, 1967. Et notamment ces lignes : « Qu'y a-t-il donc au cœur de cette société bourgeoise ? Y a-t-il seulement un cœur ? Y a-t-il un point vital dont la pulsation assure à l'ensemble une vie autre qu'apparente ? Qu'attendre ? Un phénomène nouveau me paraît d'une gravité profonde : l'apparition de ce que l'on peut appeler maintenant l'idéologie du Néant. Celle-ci ne serait-elle qu'un accident bientôt effacé, comme tant d'autres dans la dure concur-

Il faut sans doute remonter assez loin dans le temps (début du siècle ? Exposition universelle ?) pour retrouver un triomphalisme aussi entier. Comment méconnaître la part de nostalgie qu'il contient ? La modernité occidentale tend à diaboliser ce qui la conteste, à négliger ce qui la questionne, à combattre ce qui lui résiste. Comme si, toute critique oubliée, toute déréliction conjurée, elle retrouvait face à l'autre la certitude qui lui fait défaut face à elle-même. Ici aussi, la raideur des attitudes contraste avec la fragilité des choix, le dogmatisme des discours – cet « optimisme impitoyable » que dénonce Hans Jonas[1] – tranche sur l'insuffisance des principes. Ce dédoublement est à la source d'un immense malentendu.

Castoriadis n'a pas tort de poser, en substance, la question suivante : pourquoi nos société riches et libres sont-elles devenues incapables d'exercer durablement une influence émancipatrice sur le reste du monde ? Pourquoi les Lumières dont nous pensons être encore les messagers se trouvent-elles récusées – ou combattues – un peu partout sur la planète ? Autrement dit, et pour parler trivialement, qu'est-ce qui « ne fonctionne décidément plus » dans la démarche universalisante ? Les hommes et les femmes du dehors seraient-ils collectivement frappés de sottise ? Masochistes ? Ignorants ?

---

rence de l'expansion de ce monde – autant en emporte le vent – ou bien son affleurement nous révèle-t-il une réalité cachée, plus profonde ? »
1. Hans Jonas, *Principe Responsabilité*, Éd. du Cerf, 1990.

Pour répondre à la question, on convoque sans relâche la persistance de l'obscurantisme, la régression intégriste, les complots du terrorisme, le désenchantement du lumpenprolétariat du tiers monde ou l'imposture des dictatures tropicales. C'est une démarche consolatrice. Convenons qu'elle est sans vraie pertinence. Cette panne de l'universalisme occidental n'est pas un phénomène qui lui serait extérieur. Elle n'est ni le fruit d'un « complot » ni celui d'une conjoncture géopolitique. C'est moins le dehors qui est en crise que le dedans. Le problème essentiel n'est pas que le reste du monde, encore enfermé dans ses « clôtures culturelles », résiste à la modernité. Le problème est que celle-ci n'opère plus comme avant[1].

Et pourquoi ? Si la crise de l'Occident – son « délabrement » – explique qu'il ne rayonne plus, reste à se demander à quoi tient, en dernière analyse, cette « crise ». Comment s'explique cette ontologique insuffisance qui vaut à l'Occident d'être perçu comme un repoussoir plutôt qu'un modèle ? Chacun de nous, en

---

1. « Quel est donc "l'exemple", interroge Castoriadis, que ces sociétés de capitalisme libéral fournissent au reste du monde ? D'abord celui de la richesse et de la puissance technologique et militaire. Mais contrairement aux dogmes marxistes et même "libéraux", cela en tant que tel n'implique rien et n'entraîne rien quant à l'émergence d'un processus émancipatoire. Ces sociétés présentent au monde une image repoussoir, celle de sociétés où règne un vide total de significations. La seule valeur y est l'argent, la notoriété médiatique ou le pouvoir au sens le plus vulgaire et le plus dérisoire du terme. Les communautés y sont détruites, la solidarité est réduite à des dispositions administratives. C'est face à ce vide que les significations religieuses se maintiennent ou même regagnent en puissance » (*Esprit*, décembre 1991, *op. cit.*).

son for intérieur, connaît la réponse. Si l'Occident est en crise, c'est parce qu'il a cessé d'exercer sur lui-même la capacité critique qui le constituait. « Notre siècle, s'exclamait Kant, est le siècle propre de la critique à laquelle tout doit se soumettre[1]. » L'Occident, de ce point de vue, a bien rompu avec Kant en même temps qu'il rompait avec lui-même. Il a fait de sa modernité, non plus un questionnement mais un privilège, non plus une subversion universelle mais une idéologie parmi d'autres. Faisant ainsi, il renonçait à *cela même* qui le définissait : cette capacité de s'évader de ses propres clôtures, cette disposition au déracinement de soi-même, cette autovigilance, en quelque sorte. Il n'est plus cette « âme du monde à cheval » qu'évoquait Hegel lorsque Napoléon passait sous ses fenêtres. Replié dans ses dogmes, barricadé dans ses craintes, exclusivement dévoué aux dimensions technologique, financière ou militaire de sa puissance, l'Occident s'est purement et simplement renié.

Certains, paradoxalement, se réjouissent de ce que l'Ouest soit ainsi sorti de la mauvaise conscience, qu'il ait rompu avec la haine de soi qui l'habitait encore il n'y a pas si longtemps. Cette analyse est courte. Il est vrai que, pendant une trentaine d'années – 1945-1975 –, un trouble mortifère a hanté la pensée européenne et américaine. Un rejet de soi alimenté par le souvenir des tueries de 1914-1918, des massacres hitlériens ou staliniens, d'Hiroshima, du grand

---

1. Emmanuel Kant, Préface à *La Critique de la raison pure*.

« péché » colonial. Pendant trente ans – les « trente honteuses » –, la gauche et la jeunesse furent les dépositaires d'un immense remords que Pascal Bruckner appelait « le sanglot de l'homme blanc ». C'est ce remords-là, dévastateur et paralysant, qui fonda le tiers-mondisme, l'extrême gauche soixante-huitarde, la fascination pour le relativisme culturel et ce rejet de soi-même qu'exprimaient quelques textes fameux comme cette préface de Jean-Paul Sartre aux *Damnés de la terre* de Frantz Fanon[1]. La pensée occidentale cultivait la honte et privilégiait éperdument ses propres ennemis. « L'Homme blanc, écrivait Alain Finkielkraut, s'est cru immensément, irrémédiablement coupable. Il a cru, il croit encore – du moins une bonne partie de son opinion pure et dure dite "gauchiste" – n'avoir apporté que des catastrophes partout où il est passé[2]. »

Soit.

Mais on aurait tort d'oublier que ce remords insistant qui régnait sur les mots ne régna jamais sur les choses. Tandis que la gauche repentante s'imposait une « macération » mortificatrice, pour reprendre l'expression d'Ignace de Loyola, le contentement de soi demeurait bel et bien au pouvoir. En Europe comme en Amérique. Si les campus de Californie, les rues de Francfort ou Paris s'embrasaient contre la « sale guerre » du Vietnam, dans les faits, les B52 n'en rasaient pas moins

---

1. Militant tiers-mondiste (mort en 1961), Frantz Fanon est l'auteur de deux livres célèbres : *Peau noire, masques blancs* et *Les Damnés de la terre*.
2. Alain Finkielkraut, *La Défaite de la pensée*, Gallimard, 1987.

Haïphong. Autrement dit, la « culture du remords » n'emportait que rarement une capitulation effective du politique. L'Occident parlait sans cesse de son remords, mais il *agissait* sans remords. Et, *in concreto,* il se fortifiait sans cesse. Tandis que Sartre ou Lévi-Strauss écrivait, le FMI et la Banque mondiale régnaient. Les « trente honteuses » et les « trente glorieuses » furent *simultanées.* Il n'est pas abusif d'écrire qu'il y eut là quelque chose comme une étrange régulation. Alors même que l'Occident prospérait et que sa puissance « contenait » *(containment)* les « barbares » de l'Est et du Sud, une part de lui-même – et non la moindre – demeurait solidaire du reste du monde. En connivence avec les révoltés du Chili, les réfugiés palestiniens, les opprimés de partout.

Aujourd'hui, ce n'est plus le cas. La pensée occidentale elle-même, débarrassée de son remords, affranchie de sa mauvaise conscience, s'est ralliée au triomphalisme et à l'arrogance. Comme si le « front » se trouvait désormais bétonné, clos sur lui-même, inaccessible au doute. Les mots et les choses sont aujourd'hui dans le même camp. Un camp qui ne veut plus écouter ses propres doutes et qui campe dans un autisme dominateur. Si la modernité occidentale ne rayonne plus, c'est qu'elle n'est plus porteuse de questions. Elle est à ce point inattentive qu'elle n'entend même plus – pour de bon – la parole de ceux-là mêmes pour lesquels elle s'enflamme. En prenant bruyamment la défense d'un écrivain comme Salman Rushdie, persécuté par l'obscurantisme, elle ne fait guère mention de ce qui est au cœur de ses livres : la pratique – et l'éloge – du doute actif, si peu en rapport avec le triomphalisme moderne. Claude Lefort, dans un hommage à l'écrivain, s'étonnait de cette contradiction. « Le *doute*, ce mot qui revient si souvent dans ses propos sur la religion, n'est-ce pas ce que Rushdie célèbre comme le bien le plus précieux de la modernité ? demandait-il. En le lisant, on voit comment il s'écarte des courants contemporains néo-réalistes ou antihumanistes [1]. »

Ce n'est pas tant l'utopie mondialiste qui fait problème que l'arrogance de ses propagandistes. Ce n'est pas l'universel ou l'émancipation démocratique qui déclenchent la peur, le repli, le barricadement, c'est leur traduction idéologique, c'est-à-dire méprisante et impériale. Ce n'est pas le déracinement de la modernité qui est détestable – il résume à lui seul toute l'aventure humaine –, c'est *l'injonction* au déracinement venue du dehors. Ou imposée. Dès après la guerre, Simone Weil pointait cette différence en disant : c'est un devoir pour chacun de se déraciner mais c'est toujours un crime de déraciner l'autre [2]. Écoutons mieux les griefs qui montent aujourd'hui de l'Est ou du Sud. Le mondialisme qui est récusé, c'est celui qui prétend n'imposer que la corruption de ses élites, l'arrogance de ses banquiers, le cynisme de ses riches et la démission de ses intellectuels. Ce n'est pas celui des Lumières.

---

1. Intervention au colloque *L'Homme et la Société*, Lausanne, 1990.
2. Simone Weil, *L'Enracinement*, Gallimard, 1949.

De toute part, cette même question nous est posée, mais nous ne l'entendons pas. Pour prendre la mesure de cet échec, ce n'est évidemment pas le réquisitoire des fanatiques religieux ou l'hystérie des sectaires qu'il faudrait écouter. (Ils nous confortent dans notre autisme.) C'est plutôt la sourde mélancolie, l'amertume désenchantée de tous ceux qui, loin de nous reprocher nos valeurs, s'étonnent que nous les ayons si nettement abandonnées. « L'Occident a moins trahi nos espoirs que ses propres principes », soupire le président bosniaque Alija Izetbegovic. « Quelle est la pensée française aujourd'hui ? demande le metteur en scène égyptien Youssef Chahine ; elle est représentée par qui ? Je suis à leur recherche. Qu'est-ce que c'est que ces pays qui osent avec impertinence s'appeler "développés" ? Développés en quoi ? Le problème n'est pas un bouton de plus ou un automatisme de plus, mais comment on développe l'esprit[1]. » « Cette structure vieille de deux mille ans, qui avait réussi à hisser l'humanité à un niveau tout à fait nouveau, non seulement de conscience réfléchie, mais aussi de force et de puissance, écrit le philosophe tchèque Jan Patocka, cette réalité qui s'était longuement identifiée avec l'humanité dans son ensemble [...] est définitivement arrivée à bout de course[2]. »

On pourrait collationner, sur des pages et des pages, des désappointements de cette sorte dont aucun ne

---

1. *Esprit*, août-décembre 1992.
2. Jan Patocka, *Platon et l'Europe*, Éd. Verdier, 1983.

mériterait d'être traité à la légère. En clair, ce qui nous est reproché, c'est moins la prétention universaliste de nos valeurs que notre infidélité aux Lumières. Ce n'est pas la force de nos principes qui est en question, c'est leur *trahison*.

II

L'IDÉOLOGIE
INVISIBLE

L'énigme de la croyance idéologique, c'est cette clôture invisible qui tient captifs ses paroissiens. L'idéologie n'a pas de « dehors », ni même d'ouverture. Elle est une certitude refermée sur elle-même et ne peut concevoir une vérité qui lui serait extérieure. C'est une *weltanschauung*, une vision globale et exclusive. Elle ne se pense pas comme une « interprétation » relative et falsifiable (Karl Popper[1]), mais comme un absolu venu mettre un terme à l'errance de la pensée. Toute idéologie se croit dévoilement ultime, élucidation dernière de ce que le mensonge, l'intérêt de classe, la ruse des puissants, l'ignorance et la violence de l'Histoire tenaient préalablement caché. L'idéologie totalitaire se définit – et se proclame – comme *révélation*. C'est l'essence même de son mensonge et son arrogance :

---

1. Mort le 17 septembre 1994, le philosophe d'origine allemande Karl Popper défendait la légitimité d'un « rationalisme critique » capable de s'offrir à la contestation « amicalement hostile » d'autrui. La pertinence d'une théorie scientifique, selon lui, se reconnaissait à sa possibilité d'être « falsifiée » (réfutée).

l'aveuglement sur sa propre nature. L'arbitraire d'une idéologie, par définition, n'est repérable que chez l'autre, l'ennemie, la rivale. Elle-même ne se pense pas comme dogme ou postulat parmi d'autres. Elle n'est rien de moins que *la* vérité advenue.

Des fidélités inhabitables

L'historien François Furet observe que la grande énigme du siècle aura été l'adhésion massive des intellectuels à l'une ou l'autre des deux grandes idéologies que furent l'hitlérisme et le marxisme. Si l'on dresse la liste de ceux qui auront souscrit à l'une ou à l'autre – ou se seront réfugiés dans la passivité –, on se retrouve avec un *Who's who* presque exhaustif des créateurs, penseurs ou écrivains de ce temps. L'énigme est plus impénétrable encore si l'on veut bien reconnaître, avec le recul, le caractère passablement réductionniste de ces deux doctrines. L'adhésion de l'intelligence à cela même qui la récuse, puis son enfermement volontaire dans la pénitence demeurent de grands mystères religieux. « L'étonnant, ajoute Furet, n'est pas que l'intellectuel partage l'esprit du temps. C'est qu'il en soit la proie, au lieu de tenter d'y ajouter sa touche[1]. » Bien avant lui, Hannah Arendt, exilée en France dans les années 30, s'étonnait de l'absolu manque de clair-

---

1. François Furet, *Le Passé d'une illusion. Essai sur l'idée communiste au XXe siècle*, Robert Laffont et Calmann-Lévy, 1995. Le premier chapitre de ce livre a été publié en avant-première par les « Notes » de la Fondation Saint-Simon en mai 1994.

voyance des intellectuels allemands face à la montée du nazisme. Pour cette raison, elle répugnera à rentrer dans son pays après la guerre.

Avec la fin du communisme, nous avons assisté à l'ultime réédition d'un phénomène de désenvoûtement : le ressaisissement de cette même intelligence qui se réveille de son somnambulisme. L'évasion hors de la clôture, l'arrachement à cette pesanteur de la croyance. Ce moment pathétique où un homme finit par rompre avec les dogmes usés, croyances mortes, fidélités inhabitables qui barraient jusque-là son horizon tout en justifiant sa vie. Ces yeux qui clignent, ce réveil courbatu, ces autocritiques infinissables et cette littérature, souvent admirable, de la repentance. Ainsi aurons-nous vu des proches, des amis, des maîtres parfois, s'extraire successivement du marxisme, du maoïsme, du tiers-mondisme, du différentialisme lévi-straussien, du socialisme et même, qu'on me pardonne, du mitterrandisme. A l'est de l'Europe, nous aurons observé des sociétés entières avec leurs universités, leurs académies, leurs journaux et leurs foules, qui sortaient pareillement de leurs prisons mentales et brûlaient leurs catéchismes. Par procuration, avec ce débat récurrent sur les compromissions vichyssoises, nous aurons même tâché de mieux comprendre comment d'autres intellectuels s'étaient extirpés – ou non – du vertige collaborationniste. Au total, ces trente dernières années auront été comme une interminable propédeutique de la rupture. Belle leçon ! Mais cruelle...

Et maintenant ?

Le consensus libéral et démocratique – ce qui nous reste – se proclame évidemment comme le contraire d'une idéologie. Il se veut affranchissement définitif, sortie sans retour de l'illusion. Il est le triomphe autoproclamé de la raison lucide sur la passion aveugle. Il se propose de « finir l'histoire » et excipe de son pluralisme comme on revendique sa différence. Le libéralisme démocratique, cette alliance intrépide de la liberté individuelle et de l'économie de marché, est convaincu d'avoir brisé une fois pour toutes avec la pensée unique, l'incarcération dogmatique, la prétention globalisante. Il se dit agnostique et ne propose qu'une cohabitation de « vérités » relatives. De fait, l'adhésion collective, la foi qu'exige la démocratie libérale n'est pas totalitaire mais souple, plurielle et plus ou moins négociable. Les sanctions qu'elle impose à ses rebelles ne sont pas – sauf exception – du ressort de la police (tout au moins à l'intérieur de la citadelle). Le libéralisme démocratique, Churchill le disait bien, est le moins mauvais des compromis entre les besoins du consensus et les dissidences de la liberté.

Il n'empêche, ce « compromis » est lui aussi porteur d'une idéologie, même si celle-ci est invisible[1]. Non seulement invisible mais inodore et sans âcreté particulière. Elle se respire sans trahir sa présence, elle ne craque pas sous la dent. Mais elle est bien une idéologie, avec ses clôtures et ses présupposés. En tant que

---

1. J'emprunte cette expression à Olivier Mongin, *Face au scepticisme, op. cit.*

telle, elle n'échappe pas à la tentation du raidissement dogmatique, de la vulgate.

L'intégrisme de l'argent

On prendra un exemple.

Si la prééminence du marché constitue la religion bien tempérée de la démocratie libérale, le triomphe de l'argent en est, à coup sûr, son dévoiement. La crispation inégalitaire d'aujourd'hui est au libéralisme originel – celui d'Adam Smith ou de Tocqueville – ce que le catharisme avait été au christianisme ou le bolchevisme à la révolution d'Octobre : un intégrisme hérétique. Or c'est bien l'*imperium* de l'argent sur la culture, la tyrannie de la Finance sur l'économie, la corruption minant le politique qui paraissent configurer dorénavant la modernité occidentale et lui donnent, au-dehors, si mauvaise haleine. Cette « idéologisation » n'est pas un accident de parcours, ni une péripétie de législature ou de septennat. La corruption, fille naturelle de l'argent roi, n'est pas un inconvénient passager, un défaut de la République. Elle vient de beaucoup plus loin. Retracer son cheminement, c'est raconter l'irrésistible occupation d'un vide.

Tout part, en somme, d'une fatalité comparable à la mécanique des fluides. Souvenons-nous que les deux grands totalitarismes du siècle partageaient un point commun : ils avaient, l'un et l'autre, partie liée avec la détestation de l'argent. Le fascisme mussolinien et l'hitlérisme avaient fondé leurs promesses initiales sur une haine de la « ploutocratie financière », une dénonciation de l'élitisme bourgeois et une phobie feinte ou réelle de la corruption spéculative. (La « Révolution nationale » de Vichy en proposa, en quelque sorte, une version rurale et édulcorée.) L'utopie communiste, quant à elle, entendait porter jusqu'à leurs conséquences ultimes la passion égalitaire et la haine du riche, héritées des révolutions de 1830 et de 1848 ou de la Commune. « Je veux que la jeunesse soit à jamais débarrassée de l'argent », s'écriait jadis Fidel Castro. Sans parler du maoïsme qui formalisa des catégories – pauvres, moyens-pauvres, moyens-riches – sur un mode plutôt comique mais qui trahissait les mêmes tropismes exterminateurs. Sans parler non plus de cet holocauste des « riches » organisé par les Khmers rouges cambodgiens ni de cet assassinat rituel des nantis par les justiciers hallucinés du Sentier lumineux péruvien. Comment ces compromissions de l'égalité seraient-elles restées sans conséquences, au sortir de l'aventure ?

Le mensonge totalitaire, quelle que soit sa couleur, compromet les valeurs dont, indûment, il se réclame. En refluant, il abandonne derrière lui leurs dépouilles en décomposition qui feront, pour longtemps, office de repoussoir. Ne portent-elles pas en elles-mêmes un péril de contamination, comme ces matériaux irradiés qui demeurent radioactifs ? Ne contiennent-elles pas une fatalité obscure, un principe malin, dont il convient de se détourner en toute hâte ?

Après l'implosion communiste, la haine de l'argent

– colorée ou pas d'antisémitisme – s'est trouvée logiquement frappée d'*illégitimité*. Elle avait décidément couvert trop de meurtres… L'argent avait en quelque sorte perdu son dernier ennemi. Au lendemain de la chute du mur de Berlin, Claude Roy rapportait cette question magnifique d'un de ses amis : « Mais qui fera peur aux riches, maintenant ? » Et qu'on n'objecte pas ici – on le fait trop souvent – que le naufrage communiste, la disqualification finale du bolchevisme laissaient indemnes les valeurs du socialisme démocratique qui jamais ne participa, quant à lui, au « péché » totalitaire. Un spécialiste des anciens pays communistes, Jérôme Sgard, a bien exprimé la vanité de cette objection consolatrice. Une objection qui, vue de l'Est, paraît carrément irrecevable. « Il est admis comme allant de soi (à l'Est), écrit-il, que la social-démocratie n'est qu'une variante honteuse, ou bien inconsciente, ou sophistiquée du communisme, la chute de celui-ci ayant accompagné le déclin de celle-là. Elle a été en fait emportée avec le communisme par la délégitimation profonde qui frappe tout discours rattaché de près ou de loin à cette tradition, y compris par les aspects qui, en Europe de l'Ouest, paraissent faire partie désormais du domaine commun : rôle des solidarités et du dialogue social, place de l'État et des politiques publiques, défense des relations non marchandes, etc.[1] » Qui fera peur aux riches ? En effet.

Le projet égalitaire occidental, puis l'État-provi-

---

1. *Esprit*, juillet 1992.

dence lui-même ont dû porter le poids d'une suspicion diffuse, d'une culpabilité immanente qui dopèrent, par exemple, les « révolutions conservatrices » britannique et américaine de 1980. En matière sociale, comme on dit, la charge de la preuve se trouvait renversée. L'État-providence, le *welfare state,* c'est-à-dire « la machine égalitaire[1] », n'était pas seulement compromis, confusément déshonoré devant l'Histoire, il fut perçu comme une contrainte archaïque, paralysant le dynamisme de la société libérale. Il serait instructif de reconstituer les étapes de ce lent transvasement symbolique qui a vu refluer la valeur égalité à mesure que l'argent – relégitimé – occupait les positions qu'on lui abandonnait.

L'esprit du capitalisme

Certes, le rapport à l'argent n'était pas l'enjeu *explicite* de l'aventure. Le retour à l'ultra-libéralisme qui constitua la grande affaire des années 80 et le contre-chant du naufrage communiste[2] consistaient à stimuler l'initiative en abaissant la pression fiscale et à relâcher, par le biais de la déréglementation, la contrainte égalitariste qui pesait sur l'économie. Mais toute révolution, fût-elle conservatrice, est le produit d'un ébranlement plus profond, le résultat d'une transmutation

---

[1]. Titre d'un livre d'Alain Minc, publié chez Grasset en 1987.
[2]. L'Histoire retiendra que l'année 1980 voit en même temps le triomphe de la « révolution conservatrice » anglo-américaine et le début de l'effondrement communiste avec l'affaire polonaise.

qui est d'ordre culturel. Derrière ce mascaret ultra-libéral qui balaya bientôt l'Europe entière et consacra le progrès de ce que Michel Albert appelle le « capitalisme américain », par opposition au « capitalisme rhénan[1] », c'est bien le statut de l'argent et celui de son bénéficiaire – le riche – qui étaient en jeu.

Publiée en décembre 1991, une étude du CREDOC « mangeait » en quelque sorte le « morceau » pour ce qui concerne la France. Recensant les principales mutations culturelles intervenues durant la décennie 1979-1989, le CREDOC en distinguait quatre, parmi lesquelles la déculpabilisation de l'argent. A l'époque, il est vrai, l'opinion dominante – y compris à gauche – voyait là un progrès décisif, une avancée de la modernité. De cette interprétation réjouie, on fit une « bonne nouvelle ». Martelée, répétée, médiatisée *ad nauseum,* elle s'énonçait ainsi : la déculpabilisation de l'argent est le signe que la société française s'émancipe enfin d'un vieux fond catholique qui, depuis des siècles, assimile l'argent au mal. A cet archaïsme catholique, on opposait la modernité pragmatique et décomplexée du monde protestant, censée être plus favorable à l'essor du capitalisme. L'invocation de Max Weber, auteur de *L'Éthique protestante et l'Esprit du capitalisme*[2], devint – et demeure aujourd'hui – un passage obligé du bavardage parisien. En passant de Bossuet à Weber, et

---

1. Michel Albert, *Capitalisme contre capitalisme*, Le Seuil, 1992.
2. Max Weber, *L'Éthique protestante et l'Esprit du capitalisme*, Press Pocket, 1984 (la date de cette réédition en France est évidemment significative).

de Léon Bloy à Friedrich August von Hayek[1], la France catholique se délivrait enfin d'une inhibition.

Cette récitation convenue, cette métamorphose des préjugés ambiants traduisaient, dans le champ culturel, la victoire du modèle américain, c'est-à-dire financier, boursier et ultra-libéral. En réalité, l'enrôlement posthume de Max Weber au service des *golden boys* et du bernard-tapisme procédait de l'abus de confiance ou de l'étourderie. Nulle part, chez le sociologue allemand, on ne trouve le moindre éloge de l'argent, de l'avidité financière et de l'ostentation dépensière. Tout au contraire. C'est l'ascétisme économe de l'entrepreneur, son aversion pour la cupidité boulimique, la satisfaction qu'il tire – exclusivement – du devoir accompli (le *berufseherfüllung*) qui, selon Weber, caractérisent l'esprit du capitalisme.

Il n'est que de citer le texte. Max Weber est à ce point didactique qu'il semble réfuter par avance ses récupérateurs.

« La "soif d'acquérir", écrit-il, la "recherche du profit", de l'argent, de la plus grande quantité d'argent possible, n'ont en elles-mêmes rien à voir avec le capitalisme. Garçons de café, médecins, cochers, artistes, cocottes, fonctionnaires vénaux, soldats, voleurs, croisés, piliers de tripots, mendiants, tous peuvent être

---

[1]. Philosophe considérable, théoricien ultra-libéral adversaire de la social-démocratie et auteur d'un ouvrage fameux : *La Route de la servitude*. Hayek fut redécouvert lui aussi – et de façon très dogmatique – au début des années 80. Voir notamment l'ouvrage de Philippe Nemo, *La Société de droit selon F.A. Hayek*, PUF, 1988.

possédés de cette même soif [...]. Dans les manuels d'histoire de la civilisation à l'usage des classes enfantines on devrait enseigner à renoncer à cette image naïve. L'avidité d'un gain sans limite n'implique en rien le capitalisme, bien moins encore son "esprit" [...] Sauf exception, ceux que l'on trouve à l'origine de ce tournant décisif, si insignifiant en apparence, mais qui insuffla un nouvel esprit à la vie économique, n'étaient pas des spéculateurs, des risque-tout sans scrupules, des aventuriers tels qu'il s'en rencontre à toutes les époques de l'histoire économique, ni même simplement de grands financiers. Au contraire, ces novateurs furent élevés à la dure école de la vie, calculateurs et audacieux à la fois, des hommes avant tout sobres et sûrs, perspicaces, entièrement dévoués à leur tâche, professant des opinions sévères et de stricts "principes" bourgeois. »

Max Weber insiste lui-même sur la profonde méfiance à l'endroit de l'argent dont témoignaient les théoriciens puritains, fondateurs du capitalisme. Le texte le plus éclairant est sans doute cet *Advice to a Young Tradesman*, publié par Benjamin Franklin en 1748[1], texte sourcilleux à l'extrême, qui prône le travail, l'économie, l'épargne et condamne sans appel l'ostentation. Quant à Adam Smith, on oublie généralement qu'il ajouta lui-même, à la sixième édition de sa fameuse *Théorie des sentiments moraux,* un chapitre à l'intitulé lumineux : « De la corruption de nos sen-

---

1. C'est dans ce texte que l'on trouve la célèbre formule : « Le temps, c'est de l'argent. »

timents moraux résultant de notre disposition à admirer les riches et à mépriser ou négliger les personnes pauvres ou misérables[1]. »

Du coquin au parvenu

Mais le retour en fanfare de l'argent et de l'inégalité a pris d'autre voies encore. A mesure que l'argent se trouvait en quelque sorte amnistié, c'est la figure même du pauvre, du démuni, du perdant que l'idéologie invisible convoquait au tribunal de la modernité. Ce glissement de représentations collectives constituait une véritable rupture culturelle.

Dans la sensibilité judéo-chrétienne qui fonde l'Occident, le « pauvre » occupe une place privilégiée. Or, Louis Dumont et Marcel Gauchet l'ont démontré, c'est dans cet héritage judéo-chrétien que s'enracinent historiquement l'individualisme égalitaire des Lumières et celui de la Révolution[2]. Figure magnifiée de la victime promise à la préférence divine et à la Rédemption, le pauvre est – avec le petit enfant – le préféré du Seigneur. Humilié et offensé dans le siècle, il est le témoin du Christ, plus naturellement disponible à la grâce que le riche à qui l'accès au paradis est à peu près fermé. Pour un saint Jean Chrysostome, qui fut archevêque de Constantinople, le pauvre était

---

1. Cité par Jean-Pierre Dupuy dans *Le Sacrifice et l'Envie. Le libéralisme aux prises avec la justice sociale*, Calmann-Lévy, 1992.
2. Voir Louis Dumont, *Essais sur l'individualisme*, Le Seuil, 1991, et Marcel Gauchet, *Le Désenchantement du monde*, Gallimard, 1989.

même un « autre Christ ». En réalité, cette sanctification du pauvre inscrite dans la Bible, cette prédilection mystique pour l'indigence furent surtout effectives à partir des XIe et XIIe siècles. C'est alors qu'on assiste à l'irruption dans l'Histoire des *pauperes dei* (« pauvres de Dieu ») et à l'essor des ordres mendiants, notamment sous l'impulsion de saint François d'Assise. Jusqu'au XIIe siècle, « l'indigence avait été considérée comme un châtiment, non comme un signe d'élection. On était porté à y voir la rançon du péché et, au plan social, une affliction aussi inéluctable que la maladie, à laquelle on ne pouvait guère porter remède. La richesse au contraire passait pour un gage de la faveur divine[1] ».

A partir du XIIe siècle, en tout cas, c'est-à-dire depuis huit siècles, la culture occidentale était porteuse d'une représentation valorisante de la pauvreté. (Ce qui n'empêcha pas, certes, l'Église séculière de se mettre au service des riches…) Cette dignité éminente et christique, inséparable de la malédiction qui frappe le « mauvais riche[2] », court comme un fil rouge dans toute la pensée politique européenne : de la mission rédemptrice assignée au prolétariat chez Marx, et aux « damnés de la terre » chez Frantz Fanon, jusqu'à la valorisation symbolique du tiers monde par l'extrême gauche des années 60 et 70. Parallèlement, une longue

---

1. André Vauchez, *La Spiritualité du Moyen Age*, nouvelle édition, Le Seuil, 1994.
2. C'est le titre d'un célèbre sermon de Bossuet prononcé le 5 mars 1662.

tradition littéraire qui, chez nous, va de Léon Bloy[1] à Georges Bernanos ou Maurice Clavel, de Charles Péguy à Simone Weil, privilégie le concept spirituel de pauvreté et stigmatise conséquemment la servitude de l'argent. « En faisant de l'argent le mobile unique ou presque de tous les actes, la mesure ou presque de toutes les choses, on a mis le poison de l'inégalité partout », écrivait Simone Weil dans *L'Enracinement* (1949).

A l'inverse, la figure du bourgeois, c'est-à-dire du riche, était marquée, au moins depuis le XIXe siècle, d'un signe négatif que François Furet met bien en évidence. « Il est le "parvenu" chez Balzac, le "coquin" chez Stendhal, le "philistin" chez Marx, écrit-il. De ce déficit politique et moral qui afflige le bourgeois de toutes parts, il n'y a pas de meilleure illustration que son abaissement esthétique. […] Mesquin, laid, ladre, laborieux, pot-au-feu, alors que l'artiste est grand, beau, généreux, génial, bohème. L'argent racornit l'âme et l'abaisse, le mépris de l'argent l'élève aux grandes choses de la vie : conviction qui ne touche pas seulement l'écrivain ou l'artiste "révolutionnaire", mais aussi le conservateur ou le réactionnaire, non seulement Stendhal mais Flaubert. Non seulement Heine mais Hölderlin[2]. »

Cette mise à distance du riche par la culture durera, sous une forme ou sous une autre, jusqu'aux années 70. Dans un essai consacré, précisément, à cette figure du

---
1. Voir notamment *Le Sang du pauvre* (1900), métaphore qui, pour Léon Bloy, désigne l'argent.
2. François Furet, *Le Passé d'une illusion, op. cit.*

bourgeois, Jacques Ellul observait encore à la fin des années 60 : « Chaque année nous apporte en France dix romans ou pièces de théâtre qui n'ont pas d'autres thèmes, pas d'autres buts que de fustiger le bourgeois[1]. »

Faut-il rappeler ici que la culture dite populaire, quant à elle, ne fut jamais en reste ? De la chanson Belle Époque à la cinglante satire ouvrière, en passant par la caricature (de Daumier à Chaval ou Cabu), le cinéma néo-réaliste ou la photographie, un ensemble cohérent de représentations s'organisait au détriment du riche. Si l'argent tenait le pouvoir, au moins devait-il assumer l'illégitimité morale de son statut. Il eût semblé paradoxal – même à droite – qu'un artiste fît innocemment l'éloge du puissant ou, pire encore, du parvenu. Si l'argent avait la puissance, au moins n'avait-il pas (pas encore) la gloire…

C'est avec cette régulation symbolique que l'on a rompu. Nous voilà dans une configuration nouvelle : non seulement l'argent gouverne mais il règne !

Gens de peu et nouveaux pauvres

La révolution conservatrice des années 80, préparée par les théoriciens reaganiens du *supply side* (économie de l'offre), contenait, de façon avouée ou détournée, une réhabilitation du riche et une injonction moralisatrice adressée au pauvre, jugé responsable de sa pauvreté. Un pauvre « coupable » que l'État, par conséquent, ne

---

1. Jacques Ellul, *Métamorphose du bourgeois, op. cit.*

devait plus secourir inconsidérément sous peine de l'entretenir dans son vice. Le riche, au contraire, était invité à jouir non seulement de sa richesse mais du mérite moral qu'elle récompensait. Cette rupture fut évidemment traduite par la culture dominante, celle des médias. Aux États-Unis comme en Europe. Le spéculateur sans scrupules – le *golden boy* –, aussi bien que le condottiere de la finance, le *tycoon* capitaliste, l'aventurier de la réussite vont devenir des héros positifs. Et nul ne s'avisera qu'il y ait là-dessous beaucoup de ridicule. Avec un empressement effrayant, on légitimera en quelques années ce nouveau code social. Les intellectuels, quant à eux, se rallieront une fois encore à l'air du temps, sans « tenter d'y ajouter leur touche ». Pas tous ? Sans doute…

Vont dès lors proliférer les « signaux » de reconnaissance du riche et de soumission à l'argent dont la profusion même prête à sourire : vedettisation du gagnant, mise au pinacle du conquérant boursier, multiplication des récits extasiés retraçant quelques *success stories* économiques, admission du chiffre d'affaires au rang des vertus civiques, étalonnage des mérites calqué sur des critères boursiers (les rubriques « en hausse » ou « en baisse » des *news magazines*), etc. Le tout encouragé au nom d'une prétendue urgence : réhabiliter l'entreprise. Elle n'en demandait pas tant ! On s'interrogera sûrement, dans l'avenir, sur cette capitulation en rase campagne de l'esprit critique devant la monnaie, sur cette colonisation du paysage européen par de piaffants personnages dont on oublia même de se moquer : crétins fortunés, corsaires incultes, empereurs du prêt-à-porter, publicitaires frénétiques, brasseurs de vent ou collectionneurs de *stock options*[1]. Les codes sociaux européens, décidément, se métamorphosaient. Penaud ou collabo, l'esprit public, une fois encore, rendait les armes. Le langage lui-même faisait allégeance.

L'argent ne trouvait même plus devant lui le contre-pouvoir symbolique du dédain culturel et du rire. Petit exemple : a-t-on noté que les rendez-vous télévisés rigolos et dévastateurs (*Les Guignols de l'info* et *Le Bébête Show*) s'appliquent à mettre en pièces le politique mais contournent la figure de l'argent avec crainte et révérence ? La solennité branchée, le sérieux bouffon attachés à l'homme d'argent contemporain – disons le grand patron carnassier ou le spéculateur « sapé » – seraient pourtant justiciables d'une ravageuse ironie. Au moins autant que l'élu bafouilleur et anxieux qui blêmit devant Anne Sinclair. Mais oserait-on rire de l'argent ? Confronté à ce ridicule-là, le chansonnier regarde ailleurs, perd ses moyens ou débranche son micro. L'adorateur du « kilofranc » est ainsi le seul bigot contemporain dont la modernité ne rit jamais. La dévotion qu'inspire l'argent est devenue pesante comme une étiquette, elle est d'essence religieuse. Chaque époque a le sacré qu'elle mérite. L'argent a désormais constitué sa cour, apprivoisé ses petits mar-

---

1. Actions d'une société distribuées de façon avantageuse à un dirigeant et lui permettant de participer aux bénéfices de sa société. Dans bien des cas, elles aboutissent à un doublement ou plus du salaire.

quis et ses griots du *prime time*. Cette nouvelle servilité a déferlé comme un ouragan sur l'Europe. Dans ce maelström transcontinental, on tiendra pour une péripétie la reddition de la gauche française au « sérieux » tel que le conçoivent les places boursières. Cette gauche dont Jacques Julliard écrit qu'« elle courut à l'argent comme on va au bordel ». Et y disparut sans laisser de traces...

Le plus étrange, dans cette capitulation devant le nouveau sacré du marché, c'est la part d'archaïsme paradoxal qu'elle contenait. Car enfin, la modernité avait fini par *prendre au mot* la critique radicale des « mystifications bourgeoises » héritée du marxisme. Comme si, marxiste à retardement, elle ne voyait en effet que leurres et faux-semblants dans les valeurs mises en avant par l'idéalisme bourgeois : l'intérêt général, le civisme démocratique, le sens de l'État. Ce rétrécissement du citoyen à ses intérêts particuliers, ce triomphe de l'*homo œconomicus* unidimensionnel qui maximise ses avantages et minimise ses inconvénients, ce fétichisme économique marquaient, en somme, une revanche posthume du matérialisme dialectique. Double sottise. Sottise au carré : l'air du temps n'avait conservé du marxisme que sa plus criante erreur[1].

Tandis que le riche se voyait anobli par l'air du temps, le pauvre descendait, lui, vers les enfers de la

---

1. Marcel Gauchet voit dans ce paradoxe l'origine de « l'invraisemblable corruption et la mise au pillage de l'État des années Mitterrand » (*Esprit*, octobre 1993).

relégation symbolique. La quasi-disparition d'une contre-culture ouvrière, l'affaissement du syndicalisme, l'effacement des corps intermédiaires ou associatifs favorisaient cette progressive rétrogradation sociale. Au demeurant, le pauvre aggravait souvent son cas en votant mal, c'est-à-dire pour le Front national. Symboliquement, il changeait de statut : il n'était plus le « travailleur », l'« ouvrier » ou le « camarade ». Il devenait le beauf, le joueur de tiercé, le pousseur de caddie, le chasseur congestionné ou le paysan râleur. Mais cessait-il, pour autant, d'être lui-même ? La question ne sera pas posée. A l'extérieur, dans l'hémisphère Sud, le « damné de la terre » lyriquement valorisé dans les années 60 subissait la même disqualification. Il n'était plus que la parcelle infinitésimale d'une masse obscurantiste, exilée dans la pensée magique, un terroriste en puissance, un immigré virtuel ou, pire encore, un intégriste. Le chercheur Olivier Roy, spécialiste de l'islam, a bien montré comment s'était trouvée rompue la solidarité naturelle entre intellectuels occidentaux et militants du tiers monde, après la confessionnalisation de ces derniers[1].

C'est bien une peine de relégation médiatique, culturelle et géographique[2] qui frappe désormais le

---

1. Voir notamment *Esprit* d'août-septembre 1991.
2. *La Relégation*, tel était le titre d'un rapport signé Jean-Marie Delarue et consacré aux banlieues qui fut remis à Michel Delebarre en 1991. Il faisait référence à la loi du 27 mai 1885 qui instituait la relégation. Quant à l'expression « relégation médiatique », elle est de Patrick Farbiaz, secrétaire général de l'association « Les Pieds dans le PAF ».

perdant. Rares sont les obstinés comme Pierre Bourdieu ou les philosophes comme Jacques Rancière[1] qui explorent encore patiemment la culture des marges, la mémoire populaire ou ouvrière. Rares sont les écrivains, comme Pierre Sansot, qui décryptent avec constance l'imaginaire des « gens de peu » d'autrefois. Dans un texte magnifique, Pierre Sansot décrit cette différence de statut et de dignité qui sépare les anciens « gens de peu » des « nouveaux pauvres ». « Les gens de peu, écrit-il, ne demandaient rien à personne et surtout pas à ceux qui se situaient dans l'autre camp – et c'est pourquoi les esprits libres, quelle que fût leur condition, éprouvaient du respect à leur égard. Ils regardaient avec malice les nantis, les personnes plus riches qu'eux mais embourbées dans leur vanité grotesque par leur embonpoint et leur suffisance, incapables d'un mouvement de cœur. Ils s'estimaient plus vifs, la gouaille à la bouche, à la fois impertinents et chaleureux. A la différence des nouveaux pauvres, ils ne se voyaient jamais à travers le regard des autres. »

Verra-t-on au moins une vraie, une forte insolence renaître un jour, pour de bon, dans l'effervescence rageuse des banlieues ? Là où mijote une néo-culture *hip hop*. Une culture du Tag et des zoulous, du *raggamuffin*, de la *break dance*, de ceux qui « ont la haine ». C'est vraisemblable. Mais ce sera long.

---

1. Voir notamment Jacques Rancière, *Courts Voyages au pays du peuple*, Le Seuil, 1990.

Le consensus inégalitaire

Cette permutation de statut symbolique entre le riche et le pauvre, cette disqualification de la pauvreté, tout cela constituait bien une contre-révolution culturelle dont on mesura mal l'ampleur. Elle ouvrait la voie à une mutation profonde de l'idée même qu'on se faisait de la compétition sociale. En clair, elle autorisait une formidable régression politique, en toute bonne conscience et en trois étapes : de la justice à la compassion, de la compassion à l'indifférence, de l'indifférence à l'exclusion. On exclut sans problème ni remords celui qui n'existe déjà plus...

Alain Touraine insiste sur la nouveauté de ce concept d'exclusion, dont l'émergence a frappé d'embarras les sociétés occidentales. « La société libérale, écrit-il, porte en soi le ghetto. La société de classes portait en soi le conflit, l'inégalité, mais pas le ghetto. Nous étions une société de discrimination, nous devenons une société de ségrégation. » Le terme même d'« exclusion » est aujourd'hui un leitmotiv du discours politique, une référence incantatoire, un thème pour colloques ou assises de partis. Il remplit la fonction rhétorique qu'occupaient jadis l'inégalité et le paupérisme. Les sept millions de Français – chômeurs, RMistes, immigrés, banlieusards – qui campent aux lisières de la société industrielle sont inlassablement convoqués comme témoins à charge dans la grande dispute électorale. Cette convocation porte d'autant moins à conséquences qu'ils sont eux-mêmes sans voix, sans langage, sans représentants ni tribune. Étrange addition de solitudes, masse insaisissable et atomisée qui hante l'imaginaire moderne comme un fantasme mais, jamais, ne suggère la présence d'une foule compacte et personnalisée. Encore moins d'une foule menaçante. Un consultant en économie, Jean-Christophe Ulmer, exprime bien l'ambiguïté de cette compassion protéiforme pour l'exclu qui s'est substituée, dans le discours courant, à l'exigence de justice et à la revendication égalitaire. « Nous sommes passés, écrit-il, de la fascination pour la réussite à la commisération pour la misère : hier le *trader*, aujourd'hui l'exclu ; d'un côté, le pôle "positif" de la fascination pour cette incarnation de l'*homo œconomicus*, libéral jusqu'à la caricature, de l'autre, son pôle négatif pour ce moderne lumpenprolétaire, isolé de tous et de toutes. Reste que, dans ce passage d'une figure emblématique à l'autre, il ne faut voir qu'une stratégie du système : la compassion pour l'exclu, l'étalage de son malheur ne sont là que pour masquer le processus irrésistible en cours, le faire oublier, nous rassurer sur ses bonnes intentions[1]. »

Plus significativement encore, le discours sur l'exclusion ou le chômage agit comme un moulin à prières. Il tourne sur lui-même en une psalmodie répétitive et se referme sans cesse sur le même non-dit. Quel non-dit ? Celui qu'un conseiller référendaire à la Cour des comptes, ancien conseiller à Matignon (1992-1993), Denis Olivennes, ramassait en une formule claire et

---

1. *Libération*, 23 août 1994.

nette : le chômage n'est pas un problème, c'est une solution. La phrase est à prendre *stricto sensu*. Loin d'être une fatalité, l'augmentation massive du chômage – et de l'exclusion qui l'accompagne depuis le milieu des années 70 – fut un choix délibéré et *collectivement assumé*. Il permettait de préserver le pouvoir d'achat de la majorité. Pour user du vocabulaire des économistes, il consistait à réguler les effets de la crise par l'emploi plutôt que par les revenus. Paradoxe : le fameux dualisme social, si vertueusement dénoncé, de la droite à la gauche, faisait l'objet d'un « consensus caché ». On rappelle rarement, par exemple, qu'alors même qu'elle voyait le nombre de ses chômeurs s'accroître plus vite qu'ailleurs la société française connaissait la plus forte progression des salaires réels de tous les pays industrialisés. L'exclusion protégeait bien les salariés de la crise[1]. Certes, la thèse d'Olivennes a été jugée ici et là trop abrupte. Elle a suscité quelques débats d'experts dans lesquels on n'entrera pas. Ces débats, qui mobilisaient des concepts comme celui de « déversement » des emplois disponibles d'un secteur sur l'autre, introduisaient légitimement un peu de complexité. Pour l'essentiel, cependant, la thèse demeure valable. La société française dans son ensemble a bel et bien *choisi* de reporter sur une minorité d'exclus les effets de la crise plutôt que de voir diminuer ses revenus.

---

1. Denis Olivennes, *La Préférence française pour le chômage*, Note de la Fondation Saint-Simon, février 1994. Cette idée sera reprise telle quelle dans le rapport rédigé à l'automne 1994 sous la direction d'Alain Minc, *La France de l'an 2000*, Odile Jacob.

Or ce choix collectif, même camouflé dans les replis du non-dit, impliquait, pour être tolérable, que fût presque unanimement partagé ce mol consentement à l'inégalité qui caractérise aujourd'hui l'idéologie invisible. Un consentement qui fut suivi d'effets. Au-delà même de l'imaginable.

La chariah du marché

Les chiffres sont pittoresques. L'esprit du temps en fait bon usage. Il est épaté comme un enfant par cette part de sensationnel que comporte toute révélation chiffrée. C'est sans doute le syndrome du Loto... Dans cette chronique des corruptions courantes, sans commencement ni fin, qui tient l'opinion en haleine, les chiffres sont comme les fleurs pyrotechniques d'un feu d'artifice sans cesse recommencé. Ils font jaillir des « ho ! », des « ha ! » parmi la foule, puis s'éteignent dans un ciel vide.

Ainsi les commérages de l'air du temps auront-ils révélé, en vrac, que Mme Bernard Tapie bénéficiait mensuellement de trois cent mille francs d'argent de poche, en liquide (rapport de la Cour des comptes), que Michel Noir s'acheta un jour pour cent quarante-quatre mille huit cents francs de chemises et pantalons, que le salaire de Pierre Suard, P-Dg d'Alcatel-Alsthom, s'élevait à un million deux cent mille francs par mois, que Claude Bébéar, patron d'assurance, n'avait gagné quant à lui « que » dix millions en 1992. On aura annoncé incidemment que Michael Eisner, P-Dg de

Walt Disney, avait empoché deux cent trois millions de dollars, soit un milliard de francs, en 1993, alors même que les résultats de ses sociétés étaient en baisse. On aura même connu les gains du champion toutes catégories, le spéculateur d'origine hongroise Georges Soros, qui a personnellement gagné, pendant la seule année 1993, la somme d'un milliard de dollars. Soit le produit intérieur brut d'un pays comme le Tchad…

Les signaux qu'envoient ces chiffres à l'opinion, les effets de sens qu'ils entraînent sont ambigus. Ils participent d'un pittoresque sans vrai contenu, comme celui des résultats d'une loterie ou du *Livre des records*. Présentés de cette façon, à l'état brut, ils sont comme une magie sans conséquences, un illusionnisme assez distrayant dont on rigolera, le matin, autour du bar. C'est après un commencement d'analyse, avec un mode d'emploi – rarement fourni – qu'ils prennent un peu de sens. Au début de ce siècle, un grand industriel américain, J. P. Morgan, qui était moins révolutionnaire que capitaliste conséquent, lecteur d'Adam Smith et de Benjamin Franklin, avait tâché d'évaluer ce qui lui paraissait raisonnablement acceptable en matière d'inégalité de revenus. Autrement dit, avec un pragmatisme modeste, il s'était efforcé de définir une ouverture maximale de l'éventail des salaires qui fût compatible avec l'éthique capitaliste. Sa conclusion – et sa décision – furent qu'aucun dirigeant de ses propres sociétés, y compris lui-même, ne devait gagner plus de vingt fois le salaire d'un ouvrier.

C'est un universitaire américain qui rapporte l'anecdote : Derek Bok, ancien président de l'université de Harvard. Il le fait à dessein, pour montrer à quel point l'augmentation des inégalités a été vertigineuse depuis une trentaine d'années. Ce rapport d'un à vingt, jadis proposé par J. P. Morgan comme un maximum, ferait aujourd'hui figure d'égalitarisme gauchiste[1]. La rémunération moyenne des P-Dg, révèle Derek Bok, était d'environ quarante-trois fois le salaire moyen de l'ouvrier en 1960. Mais elle est passée à plus de cent fois en 1990 et à cent quarante-trois fois en 1993. Quant aux revenus du mirobolant Michael Eisner, cité plus haut, ils correspondent, selon les mêmes critères, au salaire de huit mille ouvriers. Le vertueux J. P. Morgan en croirait-il ses yeux ? Avec un art très contrôlé de la litote, le professeur Bok quant à lui note que « cette évolution est dangereuse pour la cohésion des valeurs civiques américaines ».

On aurait tort de juger seulement pittoresques ou marginales ces histoires de salaires de P-Dg. Elles traduisent un mouvement inégalitaire continu, général, profond[2]. Un ouvrage très technique, consacré à ce retour de l'inégalité aux États-Unis, fournit toutes les indications chiffrées à ce sujet. « L'accroissement des

---

1. Derek Bok, *The Cost of Talent*, livre non traduit en français mais cité dans *Le Monde*, 6 septembre 1994.

2. De même qu'a considérablement augmenté le nombre des sans-abri au cours des années Reagan. Les centres accueillaient 170 000 personnes en 1990 contre 35 000 en 1980. On estime, la même année, à 145 000 ceux qui dorment dans les rues ou les lieux publics – contre 86 000 en 1980 (Christopher Jencks, *The Homelessness,* Harvard University Press, 1994).

inégalités de revenu disponible entre individus est incontestable, y peut-on lire. Vu son importance, il a annulé la baisse observée entre 1939 et les années 60. Le phénomène a déjoué les pronostics : jusqu'à la fin des années 70, tous les spécialistes américains croyaient que l'inégalité n'augmenterait plus ou même continuerait de diminuer[1]. »

La France, bien sûr, n'est pas en reste. L'Europe non plus. Si l'on place nos propres athlètes du compte en banque sous la toise du professeur Derek Bok, on constatera que Pierre Suard gagne l'équivalent de deux cents fois le SMIC et Claude Bébéar cent trente-huit fois. En Grande-Bretagne, l'ampleur de la dérive inégalitaire et l'avidité des patrons d'entreprise sont comparables. Au point que la presse conservatrice elle-même s'en offusque. Dans un éditorial vengeur, le vénérable *Sunday Times* écrivait à l'automne 1993 : « Les privatisations sentent désormais le souffre en raison du manque de sensibilité et de l'âpreté au gain de certains chefs d'entreprise. »

A ces objections, les bénéficiaires de ces invraisemblables inégalités – qu'ils moissonnent dans l'industrie, la banque, les médias ou ailleurs – rétorquent ordinairement en usant d'un argument qu'ils croient sans appel : ce-sont-les-lois-du-marché. Le plus étrange n'est pas tant la nature du plaidoyer que l'indulgence paresseuse avec laquelle on l'accueille. Comme si cette

---

[1]. Christian Morisson, à propos du livre américain sous la direction de S. Danziger et P. Gottschalk : *Uneven Tides, Rising Inequality in America*, The Russel Sage Foundation, New York, 1993.

invocation conjuratoire – « c'est-le-marché » – entraînait sur la jobardise ambiante le même effet de sidération que la formule de Diafoirus sur le patient de Molière : c'est le poumon ! Car, enfin, on voit mal ce que, *de facto*, le marché viendrait faire dans ces évaluations peaufinées dans l'obscurité des conseils d'administration, dans l'obscure confraternité ou cooptation des grands corps, dans les mille et une connivences du pantouflage[1]. Et d'ailleurs, y jouerait-il un rôle quelconque que son invocation pour justifier cette « avidité sans limite », que dénonçait Max Weber, serait l'aveu d'un singulier cynisme. Comme si le marché avait ses lois auxquelles la morale, la rigueur, le bon sens, le civisme seraient tenus d'obéir ! Au sens strict du terme, nos décideurs surpayés, qui s'abritent derrière le marché pour légitimer leurs privilèges, ressemblent à ces barbus fondamentalistes qui brandissent le Coran pour couvrir l'oppression de leurs femmes. A intégriste, intégriste et demi.

Le marché devient la *chariah* de nos démocraties libérales.

Avons-nous voulu cela ?

---

1. Pour qui en douterait, on suggère la lecture de cet hallucinant document que constitue le rapport de la commission d'enquête parlementaire sur le fiasco du Crédit lyonnais (publié en juillet 1994 et diffusé par Le Seuil). On peut y lire les témoignages des « têtes d'œuf » de l'économie et de la finance, grands patrons d'entreprises publiques, banquiers, managers issus des grands corps de l'État qui font assaut de cynisme, d'esprit de clan et de ridicule involontaire. « Un document qui fait peur. Une plongée dans l'univers inconnu de ceux qui tiennent le pouvoir économique et financier en France », commenta *Le Nouvel Observateur*.

Un nietzschéisme mou

Ces péripéties salariales sont anecdotiques.

Ce qui ne l'est pas, c'est la dérive inégalitaire qui a saisi la modernité occidentale dans son ensemble. Sa maladie infantile, en quelque sorte. Le concept même d'égalité s'est dissipé comme un nuage dans l'air du temps. « Le problème, écrit Jacques Rancière, est qu'il y a des experts en matière de droit mais qu'il n'y en a pas en matière d'égalité. Ou plus exactement que l'égalité n'existe que là où s'arrête le pouvoir des experts[1]. » Lorsqu'on parle de « dissipation dans l'air du temps », l'image est à prendre au pied de la lettre. Tout se passe comme si, à ce niveau, le grand et difficile débat sur l'antagonisme entre liberté et égalité avait été éliminé du programme après l'exclusion d'un des deux termes.

Petit exemple, mais gros de sens. La SOFRES publie chaque année un compendium de ses innombrables sondages censés évaluer *L'état de l'opinion*. Le volume daté de 1994[2] propose ainsi une radiographie commentée de l'opinion, appuyée sur plusieurs dizaines de sondages sur le mariage, la famille, le goût des sciences occultes et *tutti quanti*. Le vénérable institut estime ainsi faire le tour des questions fondamentales et des valeurs essentielles appréhendées par l'opinion. Or ni la question de l'argent ni l'alternative égalité-inégalité

---
1. Jacques Rancière, *Courts Voyages au pays du peuple, op. cit.*
2. *L'état de l'opinion*, Le Seuil, 1994.

n'ont été jugées dignes de sondages par les enquêteurs. Ou, plus exactement, elles ne l'ont été que par la bande, en quelque sorte. Et quelle bande ! Concernant l'argent, on se borne à demander aux Français s'ils « en parlent en famille ». Pour les inégalités (et non « l'inégalité », la nuance compte), on invite les sondés à dire si « elles ont plutôt diminué ou plutôt augmenté ». Cet évitement de l'essentiel n'est pas seulement plaisant, il révèle l'absence d'une conjecture qui touche pourtant le cœur de la démocratie libérale. Il officialise une disparition dont on ne s'aperçoit même plus tant elle paraît naturelle.

Plus étonnant encore, cette monarchie absolue de l'argent et ce grand retour historique de l'inégalité laissent à peu près froids les « intellectuels engagés » qui ferraillent sur d'autres fronts. Sans doute ont-ils leurs raisons… En tout cas, ce ne sont pas eux mais plutôt les experts, les économistes, les défenseurs de la saine orthodoxie capitaliste qui s'alarment de ces dérives. Comme on le sait, en effet, la Finance, avec ses calculs impavides, ses versatilités et ses calculs à court terme, la spéculation, avec ses frénésies sans remords, ses velléités de « krach », tout cela constitue un péril immanent pour les économies libérales elles-mêmes. Si trop d'impôt, comme on le sait, tue l'impôt, trop d'argent tue l'industrie et le libéralisme lui-même. Le capitalisme, au fond, se méfie de ses propres extrémistes, infidèles aux textes fondateurs. Il n'aime guère que s'impose l'idée d'un gain ou d'une fortune acquise *sans véritable contrepartie* et sans création de richesses. Il est savoureux de voir que les plus cinglants réquisitoires contre la « fascination pour l'argent » surgissent non point de la Sorbonne mais des parages du CNPF. L'intoxication inégalitaire, qui drogue la démocratie libérale, ravage ses équilibres et menace jusqu'à ses fondations, est plus souvent dénoncée par les experts qui ont « les mains dans le cambouis » que par les littérateurs vertueux.

Ainsi est-ce un spécialiste du droit du travail, Gérard Lyon-Caen, qui concluait un long rapport officiel par ces lignes : « En somme, le droit du travail a changé de bénéficiaire : il protège les plus forts et déserte les plus faibles. L'opposition entre travail salarié et travail non salarié n'est plus ce qu'on croyait qu'elle était : des "faibles" protégés et des "forts" sans protection. Une tendance inverse apparaît en filigrane : des "forts" protégés par l'équivalent d'un droit social, des "faibles" souvent abandonnés à la liberté économique[1]. » Ainsi est-ce un juriste britannique, A.H. Halsey, spécialiste de l'administration publique, qui s'exclame : « Nous avons besoin d'un regain de culture civique. Liberté, égalité et solidarité sociale sont les trois grandes composantes de la politique occidentale de l'âge moderne. Toutes trois doivent être sérieusement rééquilibrées[2]. »

Pour ce qui concerne l'air du temps et l'idéologie invisible qui l'habite, il faudra attendre. Le consente-

---
1. Rapport réalisé en 1989 pour le compte du commissariat au Plan.
2. *Sunday Times*, novembre 1993.

ment à l'inégalité – ce nietzschéisme mou[1] – règne encore sans vrai partage. Il est vrai que c'est la peur qui le nourrit en secret. Une peur objectivement complice du cynisme des malins. Une peur protéiforme et inavouée. La peur du pauvre qui redoute l'exclusion. La peur du *middle class* qui craint la pauvreté. La peur du riche qui s'inquiète pour la Bourse. Cette peur cadenasse la belle modernité occidentale sur ses égoïsmes et, dans le fond, sur ses reniements. Elle est l'inséparable compagne de ce remords sporadique qui jaillit parfois comme une fumerolle dans l'air du temps. Un remords social inarticulé et impatient qui couvre subitement la France de Restos du cœur, se suspend aux lèvres de l'abbé Pierre, inonde de chèques le Téléthon, s'ameute pour le Rwanda et bouscule, pour trois jours, l'ordre ambiant.

Il faut garder cela en mémoire. C'est parce que, quotidiennement, la justice ne court pas les rues que sa nostalgie est entreposée quelque part. Énorme. Intacte. Stockée.

---

[1]. Je ne choisis pas cette expression au hasard. Revisitant, en septembre 1993, sa ville natale de Mayence en Allemagne, d'où il avait été expulsé avant la guerre avec quatre-vingts autres juifs, Franz Oppenheimer se disait effaré par « le matérialisme, l'hédonisme sans frein et la permissivité anarchique ». « En Allemagne comme dans tout l'Occident, ajoutait-il, la guerre a été déclarée à l'héritage judéo-chrétien, et cette guerre, nous sommes en train de la perdre » (*Commentaire*, n° 65, printemps 1994).

III

LA DÉVORATION
DES VICTIMES

Voyez le monde qui brûle !

Sous nos remparts, là-bas, montent des fumées qui puent la mort. Au coin des maisons, on brise la tête des enfants sur des pierres. Des femmes agonisent sous un porche. Il y a des foules sur les chemins, des exodes, des désordres, des frayeurs confuses. Les soldats sont ordinairement sanglés et casqués. Ils sont lisses et propres. Eux sont bien nourris. En gros plan, ils font des gestes impatients. Derrière eux, on aperçoit des cadavres, des détritus et des chiens errants. Le monde brûle, jour après jour, et des hommes meurent.

Comme hier ? Comme de toute éternité ?

Ah, non ! Cette fois, c'est sous nos yeux que la terre s'embrase. Nous voilà témoins directs des meurtres et spectateurs des famines. Quoi que nous fassions, nous sommes comptables du monde entier. De la mer de Chine à la Terre de Feu, de Shanghai à Quito, plus un crime, plus un malheur ne nous échappe. C'est dans notre salle à manger, dorénavant, que les tyrans viennent tuer et que s'assemblent les orphelins. Nous sommes – abominablement – « télé-présents » au monde, comme dit Paul Virilio[1]. Jamais homme ne fut condamné, comme nous, à tout voir sans rien savoir. Nul, dans l'Histoire, ne fut jamais assigné à la contemplation en continu des fureurs planétaires. L'obscénité du mal nous assiège en temps réel. Comme un spectacle confus et illisible. Spectacle ne vaut pas connaissance... Nous savons seulement que, des quatre coins de la terre, chaque jour, des persécutés nous font signe, des mourants nous appellent. Claquemurés dans nos conforts, réduits à n'être qu'un pur regard, nous connaissons l'effroi de ces prisonniers d'Océanie, condamnés à passer une nuit avec le cadavre de leur victime. En tête à tête. Dans la pénombre d'une cellule.

Se pourrait-il que nous restions de marbre ? Voudrait-on que ces assauts virtuels du malheur demeurent sans échos ? Fermerons-nous les yeux ? Camperons-nous, impavides, dans le « chauvinisme du bien-être[2] » ? Devrons-nous réapprendre peu à peu l'ignorance volontaire ou, pire encore, nous « habituer[3] » ? La question est absurde. « La souffrance oblige », dit Paul Ricœur. Aucun homme ne résiste à

---

1. Voir, notamment, Paul Virilio, *La Machine de vision*, Éd. Galilée, 1992, et *L'Écran du désert*, Éd. Galilée, 1993.
2. L'expression est de Jean-Marc Ferry.
3. C'est ce que suggérait le politologue américain Edward N. Luttwak dans un article du *Washington Post* (juin 1994) : « Si nous ne parvenons pas à trouver de remède face à la disparition des grandes puissances, nous devrons apprendre à ne pas voir ni entendre ce qui normalement heurterait notre sens moral. »

une injonction lorsqu'elle vient du dedans de lui-même. Pas un ne se dérobe durablement à la compassion qui jette chacun hors de soi. Faites savoir, voulez-vous, aux diplomates, aux États, aux puissants que tout a changé – et pour toujours – dans notre commerce avec l'humanité.

Et voyez un peu comment tout cela a commencé...

Les anciens cynismes

Vers la fin des années 60, l'irruption de l'humanitaire sur la scène internationale fut une réponse jaillissante, instinctive, morale à cette nouvelle et extravagante *visibilité* planétaire. Si la guerre du Biafra (1968-1970) en constitua l'événement fondateur, c'est qu'il fut *montré* à la terre entière et « médiatisé », comme on ne disait pas encore. Mais ce ne fut pas l'unique ressort. L'humanitaire exprimait une volonté de rompre avec l'ancien cynisme de l'idéologie, cette rétribution sélective des suppliciés en fonction de leur appartenance politique, cette délibération pointilleuse de la compassion qui fit longtemps le tri entre les « bons » morts et les « mauvais ». Une farouche mauvaise conscience animait les premiers *French doctors*. Un remords magnifique et avoué : celui d'avoir longtemps dédaigné la moitié des victimes. Bistouri et compresses à la main, on faisait amende honorable. Une génération entière sautait dans l'avion et se ralliait, toute ironie ravalée, à cette « morale de Croix-Rouge » tant moquée lorsque

Camus polémiquait avec Sartre et Merleau-Ponty[1].
Jadis…

Dans l'incertitude des temps d'après 68, alors que s'amorçait la grande débâcle des dogmes et des engagements, au moins restaient debout ces ignobles évidences : un enfant qui meurt en Afrique, un blessé qui râle au Salvador, un vieillard qui a faim à Asmara. On résolut de ne plus jamais choisir. On prit l'engagement de partir au loin. Il y eut le Vietnam, la mer de Chine, le Nicaragua, Beyrouth, Calcutta, Phnom Penh, Addis-Abeba, Hargeisha, Kaboul, Érevan… Une génération, comme ivre de compassion et de colère, secouait la routine des Croix-Rouges en titre, bousculait la méfiance des États, brisait la torpeur des bureaucraties et rompait net avec l'indifférence des salauds. C'était bien. Là-bas, aux extrémités de la terre, il y eut des larmes, des échecs, des querelles, mais surtout des vies sauvées. Tant de vies ! Au sujet des *boat people* en mer de Chine, on réconcilia même Jean-Paul Sartre et Raymond Aron.

Puis vinrent des temps plus réalistes.

Au savoir-partir succéda le savoir-faire. On apprit, sur le tas, l'agaçante pesanteur des choses. On sut qu'on sauverait plus de vies en s'organisant mieux. On rationalisa la compassion : cohérence, logistique, structures, hôpitaux en kit, préposés au planning. On devint plus habiles à trouver l'argent. On sut mieux

---

[1]. On se souvient de la polémique entre Albert Camus et *Les Temps modernes*, après la parution de *L'Homme révolté*, en 1951.

solliciter le remords et le bon cœur du public. On apprivoisa le cannibalisme des médias, leur toute-puissance. On rusa avec cette dernière : une seule image, trois mille chèques, dix mille poches de perfusion. Qui se serait plaint ? L'exemple multiplia les vocations. L'humanitaire devint une institution respectable. On lui inventa un statut qui portait encore, inscrite dans son sigle, la trace d'une ancienne méfiance pour la politique : Organisations *non* gouvernementales. Le *non*, à lui seul, valait manifeste. Il y eut beaucoup d'ONG. Elles rivalisaient pour la bonne cause. Pouvait-on le regretter ? On devint plus professionnels encore. On s'exerça à l'art de la communication, au bagout. On fit des *mailings*. On sacrifia à la publicité. On fut éloquents et sensibles à l'heure des collectes.

A force, on fut réellement expérimentés, « pro », comme on dit. Et pas seulement cela. De la répétition des gestes, des situations, des missions lointaines, une réflexion était née. Des analyses. L'humanitaire avait sa théorie. On n'était plus tombés de la dernière pluie. On sut mieux démasquer les ruses tropicales, les malveillances partisanes et déjouer les pièges que l'on tendait, sur place, au « docteur blanc ». On sut qu'il fallait se résoudre à composer – parfois – avec les terrorismes tapis jusque dans les camps de réfugiés, pactiser avec les *tontons macoutes*, marchander avec les polices ou s'acheter des gardes du corps pour livrer les secours sous la mitraille. En somme, on se faufilait tant bien que mal dans la complexité du réel, l'œil fixé sur l'objectif : sauver des vies, soigner des malades. On apprit à se méfier des récupérations. La force et la richesse qu'on apportait avec soi – ces sacs de riz, ces Land Rover, cet argent – brouillaient localement les rapports de force, dérangeaient les uns, arrangeaient les autres. Malgré soi, on se trouvait jetés dans des stratégies obscures, partie prenante aux empoignades. On retrouvait, sur place, cette politique qu'on avait voulu fuir ! On se méfiait davantage encore. On ne voulait fournir d'alibi à personne. Parfois, pour ne point cautionner l'infamie, on partait en claquant la porte[1]. Dents serrées, sans regarder les blessés qu'on laissait derrière soi.

L'humanitaire, en quelque sorte, devenait adulte, c'est-à-dire ambigu, relatif, querelleur même. Il connut ses conflits et ses scissions. Certains des *doctors,* grâce à lui, étaient maintenant plus célèbres que des ministres ou des acteurs de cinéma. Ils dérangeaient le ronron des nantis et, à force, connaissaient leur rôle sur le bout des doigts. Un peu trop, peut-être... L'humanitaire était devenu un discours, une idéologie, une promesse de carrière. Et pourquoi pas un programme ? Il se trouva, dans ses rangs, celui qui croyait au ciel de la politique et celui qui n'y croyait pas. Cette question du retour à la politique méritait réflexion. Au-delà même de la répugnance. La compassion pouvait-elle

---

1. Ce fut le cas en décembre 1985, lorsque les équipes de Médecins sans frontières, expulsées, durent quitter l'Éthiopie pour ne point avoir voulu cautionner les déplacements forcés de populations organisés par le régime. A noter que les autres ONG présentes sur place choisirent de se taire et de temporiser.

fournir une plate-forme électorale ? Justifier la création d'un ministère ? Aider à faire reluire un gouvernement ? Il y eut de chauds débats. On s'expliqua en long et en large dans les journaux qui n'aiment rien tant que les pugilats personnalisés.

Puis, il arriva que le sentiment d'impuissance, décidément, submergeât les ONG. Le mal était tellement plus fort qu'elles ! Les besoins étaient si fous ! Il eût fallu, savez-vous, des hélicoptères et des avions, des grues géantes, des navires, des bulldozers, des camions, des émetteurs de radio, des fantassins pour enterrer les morts, des trains entiers pour évacuer les vivants. On eut la rage au cœur. Certains, tout bien réfléchi, en conclurent que le temps du bricolage « non gouvernemental » était fini. Les États, et eux seuls, possédaient les vrais moyens.

Les États ? L'humanitaire devenait, au sens propre du terme, une affaire d'État. Les choses se gâtèrent...

La double injonction

Déroulons calmement le scénario. Il est connu. Il est effrayant.

Sous l'œil d'une caméra, voilà qu'une épouvante jaillit quelque part au loin. Une de plus... Massacres, disette, guerres de chefs, répression à l'artillerie lourde, exodes, peu importe. Les mêmes images, en boucle, font déjà le tour du monde. Quelques jours passent, la caméra insiste. Elle montre de plus près la mort qui rôde, les cadavres sur les chemins. On entend les premières paroles sous-titrées, les appels au secours venus de la brousse. On apprend à prononcer des noms bizarres. Où qu'il se trouve, le citoyen-téléspectateur est habité par le dégoût et la honte. Bientôt, monte dans l'opinion un murmure, puis une colère qu'amplifient aussitôt journaux et radios, télévisions. Ce qui est bien le moins. Cette compassion est impérieuse. Elle est porteuse d'injonctions. Va-t-on ne rien faire ? Laissera-t-on périr l'humanité ? Nos gouvernants sont-ils cyniques ? Ou fous ? Vaquer à nous-mêmes comme si rien n'arrivait ? Chacun s'emploie à « exiger une intervention », à « dénoncer la lâcheté ambiante ».

Les images ne sont pas seulement pourvoyeuses d'épouvante. Elles ont la clarté du bien et du mal. Elles effacent la nuance, la perspective, le relatif. Pourrait-il en être autrement ? Fait-on de la géopolitique devant une mère qui tient son enfant mort ? Rien n'est plus évident que le mal. C'est un absolu. Un enfant meurt, tout est dit. Mais qu'allons-nous faire, enfin, nous qui possédons tant de tanks et d'avions, de stocks de beurre et de montagnes de viande ? Nos puissants sont-ils sourds, qui parlotent encore et tergiversent ?

Interpellés, montrés du doigt, gourmandés, l'État et ses représentants rasent les murs. Dans la fournaise de l'émotion, devant l'imminence médiatisée de la mort, vont-ils – vieux discours – convoquer la complexité des choses, dire que les situations sont moins claires qu'on ne l'imagine ? Vont-ils finasser en évoquant l'Histoire, en montrant les cartes de géographie, en rappelant les embûches du terrain ? Vont-ils objecter que, partout ailleurs, d'autres tragédies existent, dont nul ne parle ? Vont-ils dénoncer l'arbitraire de ce « choix » médiatique ? Lorsqu'ils s'y aventurent, à la télévision – qui leur accorde deux minutes trente –, ils sont évidemment piteux. Ils incarnent le réalisme, c'est-à-dire le lâche embarras, le chipotage dilatoire. On les conspue. La mort en image est plus réaliste qu'ils ne le seront jamais. Elle est irréfutable. Il faut faire quelque chose ! La formule anéantit par avance toute objection. Lorsque le Paraclet – *paraklitos,* l'intercesseur des victimes – prend la parole, pas une conjecture ne tient devant sa colère. Et le temps presse ! A l'impatience populaire succède l'exaspération. Les États sont notoirement des monstres glacés, inaccessibles à la tendresse humaine. C'est juré, on va secouer leur autisme. Des éloquents s'y emploient. Ils courent les tribunes. Ils écrivent des éditoriaux. Ils ont du talent, le sens de la formule. Bientôt, la pression monte. L'opinion se fâche et finit par poser la question : qui t'a fait roi ? C'est à l'homme d'État qu'elle s'adresse.

Qui l'a fait roi, en effet ?

L'État, bien sûr, n'est pas le dépositaire attitré de l'émotion publique, même légitime. L'État n'est pas moraliste, ni philosophe. Il n'est même pas poète, ni polémiste. Il est le modeste gestionnaire du possible. Il est le comptable précautionneux de l'intérêt national et coresponsable de l'équilibre mondial. Il est prosaïquement immergé dans un réseau de forces, de contraintes, d'équilibres précaires. Il a en charge la durée. Mieux encore, il *est* la durée. Au surplus, ses moyens sont petits. Ils le sont chaque jour davantage : le temps n'est plus des nations autonomes, des canonnières, des empires et des corps expéditionnaires à disposition. C'est à peine si l'État est encore maître de sa monnaie, de ses choix domestiques, de ses subventions à l'élevage de porcs. Paradoxe : moins l'État a de moyens d'action, plus il est convoqué par l'opinion pour des missions planétaires[1]. Dépêcher des avions ? Envoyer les parachutistes ? Faire la guerre ? Oui, bien sûr, mais où ? Combien de temps ? Combien de fois par an ? Avec qui ? Contre qui ? A quel prix ? L'opinion n'a cure de ces atermoiements. La veille, justement, elle a vu de nouveaux cadavres, en direct. Elle a écouté un tribun de la « société civile » qui tempêtait contre l'« odieuse apathie ». Elle se déchaîne.

Les psychiatres appellent cela un *double bind,* c'est-à-dire une double injonction contradictoire. L'État, à ce moment précis, se trouve exactement soumis à un *double bind.* Il demeure tenu à une scrupuleuse évaluation des moyens, il lui faut confronter le souhaitable et le possible. Il est informé du contexte et répugne à la précipitation. Il est soumis au temps de l'Histoire qui n'est pas celui de la télévision. Il doit anticiper sur l'avenir et réintroduire dans cette effervescence postmoderne, amnésique et instantanée, un concept archaïque : celui de la durée. Tout cela, bien

---

1. Un paradoxe que Régis Debray fut parmi les premiers à mettre en évidence.

sûr… Mais, durée pour durée, l'État est également soucieux de la sienne propre. Nul gouvernement n'est pur esprit. Nul président n'est maître de ses nerfs, dès lors qu'il se sait soumis à élection. Le sens de l'État coïncide mal avec le bon sens électoral. *Double bind,* en effet…

Observons que, dans cette ébriété fusionnelle de la compassion, du scandale exotique, de l'altruisme, de la bonne foi, face à ce torrent d'images et de sommations, il n'existe plus, pour l'État, que de mauvaises réponses. L'immobilité impassible – ah, que passe l'orage ! – trahirait un cynisme trop manifeste et suggérerait je ne sais quel reniement des valeurs qui fondent la légitimité démocratique. L'engagement téméraire, avec rassemblement immédiat de soldats, appareillage de bateaux, décollage de gros porteurs, rassasierait l'opinion mais fourvoierait la puissance publique dans la pure émotivité et dans l'aventure. Elle contreviendrait, *stricto sensu,* à la raison d'État qui n'est pas toujours celle des « méchants ». Restent l'atermoiement futé, les pieds qui traînent, la conférence de presse dilatoire et la ruse diplomatique. L'ennui est que tout cela serait le signe d'une malignité politicienne qui viendrait justifier, *a posteriori,* tous les soupçons.

Alors ?

Mettons que l'État – obsession des sondages et puissance américaine aidant – réponde *pour de bon* aux fureurs de l'opinion. Mettons qu'il dépêche une armada, par exemple à Mogadiscio. L'objectif est apparemment raisonnable. « Ce sera plus facile, clame-t-on, qu'une opération de police dans le Bronx[1]. » Voire... Sur place, passée la cavalcade avantageuse du débarquement télévisé en *prime time,* la détermination compassionnelle se frotte à la rugosité des choses. Voilà qu'elle trébuche sur de pauvres détails. Rien n'est simple : aucun homme ne se résume à son statut de victime, nul pays n'est un terrain vague où il ne s'agirait que de planter sa tente. Les affamés eux-mêmes éprouvent ces pulsions bizarres que sont la fierté, le sentiment d'appartenance, le souci du groupe, la préférence politique, que sais-je encore ? Sous les tropiques comme ailleurs, des contradictions politiques demeurent, des ambitions, des violences croisées... Pour « secourir », il faut donc, bon gré mal gré, mettre une violence d'État, démesurée, coûteuse[2], dangereuse, au service de la compassion. Puis on doit résister, jour après jour, à la logique *autonome* de cette même violence. Rapidement, la confusion s'installe[3]. La limpidité du message initial se brouille. Autrement dit, la compassion s'enlise. Chaque effort pour la remettre en avant l'enlise davantage. Les armées sont rarement

---

1. C'est ce que déclarait imprudemment un responsable américain avant le déclenchement de l'opération.
2. Selon un article du *Washington Post*, signé Rick Atkinon et publié en décembre 1993, sur les mille cinq cents millions de dollars dépensés pour l'intervention en Somalie, moins de cent millions sont allés à l'humanitaire et à l'aide au développement. Parmi les gaspillages avérés, l'auteur de l'article cite ce filet antirequins, installé à Mogadiscio pour la baignade des GI's, d'un coût de soixante mille dollars.
3. Voir le réquisitoire de Rony Braumann, *Le Crime humanitaire. Somalie,* Arléa, 1993.

entraînées à marcher sur des œufs. Les sauveteurs, éberlués, voient bientôt ceux-là mêmes qu'ils venaient secourir leur lancer des pierres. Ou les mitrailler. La compassion, c'est un comble, doit s'enfouir sous les sacs de sable et doubler les patrouilles !

L'État est fourvoyé. Pour légitimer son aventure, il doit dresser et dresser encore la liste des vies qu'il a sauvées. Tâche aléatoire, comptabilité humiliante. Le temps est venu des statistiques et des objections. Et que dire lorsque des soldats ont perdu la vie dans l'affaire ? Qu'ils sont loin, monsieur le Président, les cambrures du débarquement télévisé et les sondages gratifiants ! Au demeurant, l'opinion qui s'enflammait hier se désintéresse à présent de l'aventure. Syndrome affreux, mélancolie *post coïtum*... Elle est déjà sollicitée par d'autres tragédies qui, comme les jeunes maîtresses, ont la séduisante simplicité des commencements. Les caméras sont parties vers d'autres cieux. On a débranché les téléphones satellites. Il va falloir songer à rapatrier les *boys*.

L'État jure qu'on ne l'y reprendra plus.

Le fou !

La rhétorique victimaire

Cela n'était pas une hypothèse gratuite, pas plus que la Somalie n'est un pays imaginaire. Mais ce rappel, en effet, pourrait faire office d'apologue. Reste à en articuler la moralité. Tâchons. L'humanitaire n'est plus une simple compassion qui va. Il n'est même plus – plus seulement – ce prurit de gentillesse collective et médiatique qui constituait en quelque sorte l'autre versant du remords social[1]. Il n'est plus cette pure gesticulation compensatoire que Gilles Lipovetsky appelle « l'éthique indolore des temps démocratiques[2] ». Il est *aussi* devenu un grand débat politique. L'une des grandes ambiguïtés contemporaines.

Écartons d'emblée quelques disputes encombrantes qui bourgeonnent sur le dossier principal. On jugera volontairement anecdotiques ces compétitions picrocholines pour le rameutage du public, ces charivaris pétaradants qu'on appelle le *charity-business*[3]. Toute activité humaine suscite des excès comparables, des singeries préméditées, des feintes et des abus de confiance. Rien d'absolument nouveau. Autour de l'humanitaire, bivouaque aujourd'hui toute une tribu de bateleurs d'estrade et de « communiquants ». Sur place, il arrive que la guerre des ONG confine au ridicule. Durant l'été 1994, les opérations de secours aux réfugiés rwandais, à la frontière du Zaïre, ont donné lieu à de plaisantes surenchères d'autocollants, disputes d'attachés de presse, concours de postures charitables devant les caméras. « C'est le propre des secteurs saturés que de se battre sur l'image, sur la "comm", sur l'affiche, notait un reporter de *Libération*. Or le marché de la générosité est particulièrement étroit[4]. »

---

1. Voir plus haut, chapitre II.
2. Gilles Lipovetsky, *Le Crépuscule des devoirs. L'éthique indolore des temps démocratiques*, Gallimard, 1992.
3. Titre du livre de Bernard Kouchner, Le Pré-aux-Clercs, 1986.
4. François Camé, *Libération*, 12 août 1994.

Rien de tout cela ne mérite beaucoup de mots. C'est le *remake* très ordinaire d'un ridicule ancien. Pensons à ces dames du siècle dernier qui, bec et ongles, se disputaient leurs pauvres. Pensons aux tombolas bien-pensantes, aux collectes de papier-chocolat pour les petits Chinois, aux bals des Petits Lits blancs sous le regard de la sous-préfète... Le comique de situation est un éternel retour. On a vu ces temps-ci des « convois de solidarité » qui partaient vers le front yougoslave dans le claquement des communiqués et finissaient, en bout de parcours, par rejouer du Courteline. Des livres furent écrits qui racontent ces choses[1]. Ils suffisent.

Écartons aussi l'épiphénomène des ambitions fouettées, des carrières en flèche et des frénésies politico-caritatives. On dénaturerait le débat en y mêlant des noms propres. Ce n'est pas d'aujourd'hui que les bons sentiments font l'affaire des malins. Notons seulement que la rhétorique humanitaire, quand elle se dégrade en pure démagogie, est plus dévastatrice qu'aucune autre puisqu'elle consiste en une confiscation du Bien. Elle est une dévoration symbolique des victimes dont elle s'approprie, en quelque sorte, la dignité souffrante et le crédit. Elle agit comme les anthropophages qui s'incorporaient les vertus de l'autre en le mangeant. Celui qui parle au nom des victimes du bout du monde est un cannibale, refortifié par les vertus de

---

1. C'est le thème du roman de Bertrand Poirot-Delpech, *L'Amour de l'humanité*, Gallimard, 1994.

ceux qu'il a symboliquement dévorés. Il peut toiser, dès lors, ses contradicteurs. (Oserez-vous contester ce que je dis ?) Il a raison.

C'est l'honneur même de notre culture démocratique que de privilégier résolument le discours des victimes contre celui des bourreaux. La victime – Antigone contre Créon – se confond ontologiquement avec le bien, elle *dit* le bien. Son point de vue est une position stratégique, une hauteur morale qu'il s'agit d'occuper. Il est l'objet d'une compétition pour l'innocence[1]. Toute guerre politique se ramène peu ou prou à cette ambition rhétorique : investir symboliquement le lieu d'où procède l'innocence. Ainsi le démagogue de l'humanitaire, persécuté par procuration, s'enveloppe-t-il dans le chagrin des mourants, comme le tribun romain dans sa toge. C'est obscène mais ce n'est pas nouveau. Le politicien retors qui parle au nom des miséreux de son canton fait-il autre chose ? Disons qu'on était mieux habitués aux ruses de celui-ci. Bah ! On s'habituera aux mensonges de celui-là…

Écartons enfin cette ultime question – récurrente – des ostentations médiatiques qui propagent d'une autre façon la *rhétorique victimaire*. Elles obéissent, on le voit à l'œil nu, à cette alchimie qui permet d'isoler dans la complexité du réel une seule molécule chimiquement pure : la détresse. L'intention est aimable

---

1. Voir notamment les analyses de René Girard dans *Le Bouc émissaire*, Grasset, 1988. Voir également l'article de Pascal Bruckner, « L'innocence du bourreau », *Esprit*, août-septembre 1994.

mais l'effet de sens est mensonger. Pourquoi ? Parce qu'en cadrant la victime en plan serré, l'imagerie humanitaire détache littéralement celle-ci du réel. Elle néglige tout le reste, le contexte, les compléments, les ajouts qui sont tenus hors champ. Faisant cela, elle rompt tout lien entre la victime et sa propre appartenance, sa dignité. Arraché à lui-même, le « gibier » humanitaire est d'ailleurs le plus souvent montré couché, gisant, soumis[1]. Il n'a plus ni langage ni visage. Il est simple prétexte à affliction, détresse pitoyable et même infra-humaine. Il est objet de pitié et non *sujet* de droits. Comme il est différent de ces foules persécutées mais debout et criant leur colère ! Cette imagerie victimaire est sulpicienne. C'est une imposture bienveillante, mais une imposture quand même.

Tout comme participe ingénument du mensonge la bande son qui accompagne ordinairement ces images pieuses et qui fait souvent bondir de rage les *doctors* ou les meilleurs journalistes de terrain. « L'humanitaire, s'écriait Stephen Smith revenant du Rwanda, c'est l'amnésie du présent, l'élan de la charité, le geste qui sauve, la pensée qui s'abîme dans l'océan tiède des bons sentiments. J'aide, donc je suis humain[2]. » Quel statut accorder, en effet, à cette psalmodie paresseuse, rabâchant les mêmes apitoiements, usant des mêmes métaphores bêtasses – « les images insoutenables », « l'enfer en Somalie », « l'horreur à Goma » – sinon celui d'une

---
1. Voir Régis Debray, *L'Œil naïf*, Le Seuil, 1994.
2. *Libération*, 8 juillet 1994.

langue de bois qu'il faudra bien, un jour, décoder, critiquer, avec un peu de sérieux[1].

Une question demeure. Elle est politique. Elle est considérable. Considérable ? On ne peut, en effet, passer par profits et pertes cette exigence nouvelle qui monte de la société démocratique. On ne peut s'en tenir à la polémique. Encore moins consentir à diaboliser l'humanitaire. Ce serait absurde. En dépit de ses travers, malgré sa versatilité ou ses dérives, quelle que soit l'ambiguïté du narcissisme qui l'habite... Impossible de tenir pour négligeable cette insurrection démocratique de la compassion, ce sursaut de l'opinion que chavire *pour de bon* la contemplation du mal. Pas plus qu'on ne peut présenter comme provisoire, accidentelle, cette relation nouvelle – médiatique – qui unit désormais chaque citoyen au reste du monde. C'est une réalité sur laquelle on ne reviendra pas. La télévision ne disparaîtra pas. Ni le direct. Ni la transparence planétaire. Opposer à cette configuration nouvelle je ne sais quelle déploration ; convoquer le souvenir des diplomaties rassérénées d'autrefois ; regretter le temps où les États n'étaient jamais dérangés par l'émotion des foules, rien de tout cela n'aurait de sens. La nostalgie est tentante. Elle est souvent une lâcheté de l'esprit.

La question, dès lors, est assez simple à formuler. Comment résoudre cette contradiction entre l'impuis-

---

[1]. Dans plusieurs textes, Rony Brauman, ancien président de Médecins sans frontières, a amorcé cette réflexion. Voir notamment *Devant le mal. Rwanda, un génocide en direct*, Arléa, 1994.

sance relative des États et la pression moralisatrice qui, sans cesse, les convoque au loin ? Peut-on raisonnablement gérer cette modernité-là en tenant à distance aussi bien les démagogues que les nostalgiques ? Comment introduire un peu de raison dans ces effusions répétées et mettre de la cohérence là où il n'y en a guère ? Comment échapper, en somme, à ce *double bind* qui, pour l'heure, pervertit l'État ?

L'angélisme mystificateur

Pervertir l'État ? Oui, car les États, bien sûr, ont appris à ruser[1]. Confrontés à l'injonction humanitaire, cette « fureur du Moloch », comme disait un conseiller à l'Élysée, ils tâchent au moins d'en tirer parti. En clair, ils sont entrés peu à peu dans le grand simulacre médiatique et compassionnel. Ils ont pénétré dans cette zone radio-active où la vérité ressemble au mensonge, où chaque mot est un piège, chaque émotion une tyrannie et chaque image un leurre... Sommés de « faire de l'humanitaire », ils ont pris l'opinion au mot. De deux façons : positive et négative.

Positivement, les États savent mieux qu'auparavant camoufler leurs desseins. Ils maîtrisent l'art du traves-

---

1. Y compris avec la force suggestive des images. En juin 1994, le journal britannique *The Independant of Sunday* publiait l'enquête minutieuse de Nick Gowing, responsable du service étranger de la chaîne *Channel 4*. Après avoir interrogé plus d'une centaine de diplomates impliqués dans le conflit bosniaque, Gowing soulignait que ceux-ci avaient appris à résister au pouvoir de la télévision. « La télévision, concluait-il, n'est pas le sixième membre du Conseil de sécurité des Nations unies. »

tissement « droit-de-l'hommiste ». Ils ont fait l'apprentissage, en somme, des danses nouvelles et des rock-tangos télévisuels. Ils ont appris à berner ces médias moralisateurs qui prétendaient régner sur eux. On pense à la guerre du Golfe, bien sûr, conduite au nom d'un prétendu « nouvel ordre international », et *médiatiquement* planifiée comme jamais nulle guerre ne le fut. On pense au dernier épisode de cette aventure : cette opération de secours destinée aux Kurdes d'Irak qu'on avait invités à se soulever avant de les abandonner aux représailles de Bagdad. Énorme service après-vente de la guerre, en quelque sorte, dont le cynisme éléphantesque révolta certains témoins directs comme le docteur Xavier Emmanuelli, cofondateur de MSF[1]. On pense aussi à l'intervention américaine de décembre 1990, au Panama, expédition coloniale aussi cynique que classique, coûteuse en vies humaines, mais présentée comme une pure démarche humanitaire prétendument destinée à mettre hors d'état de nuire un trafiquant de drogue (Noriega) et à « rétablir la démocratie »[2]. En d'autres termes, l'État devient habile avec l'humanitaire médiatique dont il connaît la rhétorique. L'évolution du langage elle-même trahit cette ambi-

---

1. Auteur du livre *Les Prédateurs de l'humanitaire,* Albin Michel, 1991.
2. Dans un reportage implacable – « Panama : l'imposture » –, une journaliste américaine, Barbara Trend, a montré que cette intervention visait en réalité à détruire l'armée panaméenne avant la restitution de la zone du Canal au Panama, prévue pour le 31 décembre 1999. L'intervention, selon Barbara Trend, s'est accompagnée d'une manipulation très habile de l'opinion, d'une mise à l'écart de la presse et avait coûté la vie à un nombre de civils panaméens compris entre deux mille et quatre mille.

guïté manipulatrice : humanitaire, militaro-humanitaire, politico-militaro-humanitaire... Les gentils occupent la scène, mais « ce sont les méchants qui font l'Histoire », disait Hegel...

Négativement, les États savent désormais revendiquer leur part d'« angélisme mystificateur [1] ». Ils en font un outil. Étatisée, la compassion tient lieu de politique quand le courage fait défaut. Elle dissimule une dérobade étatique derrière le nuage d'encre de l'effusion caritative. Conçu ainsi, l'humanitaire n'est jamais qu'une arme intelligente dans l'arsenal diplomatique des États, une position d'attente ou de repli, une fantasia de façade. Ainsi la capitulation européenne dans l'affaire bosniaque se sera-t-elle continûment cachée derrière un « courageux engagement humanitaire » dont nul ne peut nier qu'en effet il sauvait des vies. L'interminable psychodrame de Sarajevo aura même porté jusqu'à son point limite – et au grand dam des Bosniaques eux-mêmes – ce minimalisme politique calculé au plus juste, cette stratégie du bon sentiment et du convoi de vivres. Politique du pur effet mais démarche incritiquable devant l'opinion, tant il est vrai que, sur le terrain, le courage des acteurs force le respect et qu'un seul être arraché à la mort pèse plus lourd que les mots.

C'est ainsi.

A ce stade, ce n'est plus le démagogue en quête d'élection qui manipule l'innocence des victimes, c'est

---

1. L'expression est de Marcel Gauchet.

l'État tout entier qui s'installe dans le simulacre vertueux. L'humanitaire vaut dispense devant l'Histoire. Il offre les avantages de la politique sans les inconvénients du choix. Il affranchit, sur commande, la puissance publique des contraintes internationales. Il prémunit le responsable qui hésite contre les aléas périlleux de la décision. Il dissout en quelque sorte la responsabilité gouvernementale dans une équanimité bienveillante et rédemptrice, propre à séduire les foules. Dans certains cas, il vaut rétrospectivement rachat. Il vient absoudre, *a posteriori*, la raison d'État de ses fautes passées. Au Rwanda, l'opération humanitaire Turquoise, menée « solitairement et courageusement » par la France durant l'été 1994, a lavé celle-ci de ses compromissions antérieures avec les assassins hutus. L'humanitaire, à ce stade, transpose à l'échelle étatique le paradoxe de la charité. Cette charité qui soulage celui qui donne mais ne rend pas justice à celui qui reçoit…

Les États – tous les États – savent donc utiliser cette nouvelle ostentation charitable, ravageuse, paradante, qui permet de faire silence sur les questions gênantes de la vie internationale, ces vieilles problématiques de la politique, prosaïquement enlisées dans le réel : rapports de forces économiques, affrontements entre nations riches et continents pauvres, grands choix financiers, sévérité sans merci du commerce mondial, cynisme *effectif* des États, etc. Dans un long article intitulé « Les illusions de l'ordre mondial », le politologue américain Stanley Hoffman, qui n'est ni « gauchiste » ni « tiers-mondiste archaïque », insiste sur le poids déterminant de ces archaïques questions comme sources d'insécurité internationale. « Les inégalités entre États, écrit-il, sont pour l'essentiel exacerbées par le capitalisme international, et la plupart des pays sous-développés, surtout en Afrique et en Asie centrale, deviennent de plus en plus pauvres sans qu'il y ait l'espoir de renverser la tendance. On peut en dire autant des catastrophes écologiques telles que les atteintes à la couche d'ozone, des luttes pour l'accès aux matières premières comme le pétrole, des menaces que font courir les trafics hautement lucratifs de drogues et d'armes, éléments essentiels pour la balance des paiements de nombreux pays[1]. »

Ces choses ne sont guère télégéniques...

La vidéo-surveillance planétaire

Soulignons un dernier point : ce sont les acteurs de l'humanitaire – Rony Brauman, Alain Destexhe ou Xavier Emmanuelli, par exemple – qui en font, jour après jour, la meilleure critique. Ce n'est sans doute pas par hasard. Mais là s'arrête le constat. Critiquer ne veut pas dire rejeter sans examen. Aucun responsable d'ONG, fût-il caustique et sévère, ne songerait à tenir pour absolument nulles et non avenues les perspectives qu'ouvre cette révolte de la compassion. Il faut donc prendre au sérieux certaines questions posées. Celle du « droit d'ingérence » n'est pas la moindre.

---

1. *Esprit*, août-septembre 1994.

L'analyse qui inspire ce projet se formule de cette façon. La visibilité du monde, dit-on, la permanente révélation au citoyen des injustices lointaines et des persécutions crée une situation radicalement nouvelle. L'humanité tout entière devrait profiter de cette mondialisation imaginable des Lumières, *via* les satellites et les faisceaux hertziens. « Lumières » étant pris ici au sens figuré (le siècle des Lumières) mais aussi au sens propre de « faire la lumière ». C'en est virtuellement fini des égorgements dissimulés dans le secret des lointains, des despotes assassinant sans témoins, des peuples affamés dans le secret et dans l'oubli. Le monde ressemble de plus en plus à une vitrine éclairée *a giorno*. En révélant ce qui était caché, l'image médiatisée serait libératrice. Elle chasse les ombres et pénètre les recoins, déjoue le secret. Qu'est-ce donc, au fond, que cette mondialisation télévisuelle sinon une vidéo-surveillance à l'échelle du globe, une vigilance qui rendra sans cesse plus malaisé le crime perpétré en catimini. La connaissance immédiate du mal, l'image partout diffusée, l'investigation infatigable du « cône de lumière » journalistique réduiront à proportion l'arbitraire dissimulateur des tyrannies. Une possible démocratie planétaire, fondée sur le droit et la justice, appuyée sur la puissance de l'Amérique, habite cette transparence.

Sans doute la « vérité » télévisuelle est-elle encore une vue de l'esprit, poursuivent les avocats du droit d'ingérence. (Du moins les plus lucides d'entre eux.) Des mécanismes corrupteurs de toutes sortes, mille et une distorsions, insuffisances, sélectivités arbitraires, contrôle résiduel des États, servilités journalistiques, rétentions d'information, inaccessibilité géographique en limitent encore la portée. Mais cette visibilité est au moins concevable et concrètement en progrès. Cela suffit. En 1940, H. G. Wells décrivait, dans un livre d'utopie mondialiste *déjà* intitulé *Le Nouvel Ordre mondial*, cette alliance du droit universel et de la force occidentale, surtout américaine. Dans un ouvrage plus récent, un utopiste, partageant le même optimisme démocratique et télévisuel, écrit : « L'informatique et les télécommunications seront à l'Amérique-monde ce que les voies pavées ont été à l'Empire romain[1]. »

Le droit international, poursuit-on, ne saurait par conséquent demeurer ce qu'il est. Il devient inconcevable que l'amorce de solidarité mondiale, produite par cette connaissance, bute sur l'arbitraire d'une frontière. Les hommes qui, partout dans le monde, réclament justice ne sont pas seulement les sujets d'un État particulier, ils sont *d'abord* fraction souffrante de l'humanité. Le libre accès aux victimes, nommées et localisées, est un droit naturel que la loi internationale, tôt ou tard, devra reconnaître. Autrement dit, la vieille notion de souveraineté nationale qui régissait hier le concert des nations devient obsolète. N'existe-t-il pas, dans le domaine privé, un concept juridique modérateur : l'abus de droit ? L'abus de droit, régulé par la jurisprudence, vient limiter la souveraineté individuelle

---

[1]. Alfredo G. A. Valladao, *Le XXIe siècle sera américain*, La Découverte, 1993.

de chacun, y compris lorsqu'elle s'exerce sur les choses. La transposition au domaine public de ce moyen juridique – ou d'un autre – n'est pas illégitime.

Chaque tyran qui abrite ses crimes derrière le paravent de la souveraineté commet *stricto sensu* un abus de droit. Or, lorsqu'elles touchent aux droits de l'homme, les affaires d'un seul État concernent tous les autres. La communauté internationale est fondée à se porter, en quelque sorte, partie civile. Autrement dit, on doit imaginer et promouvoir un droit supérieur qui prime sur les privilèges abusifs de la souveraineté. Un droit qui permette d'intervenir sur le territoire d'un État, sans le consentement de celui-ci. Le reste, tout le reste, est affaire de mise en forme, de codification, de procédures et de contrainte organisée.

Ce plaidoyer passablement naïf en faveur du droit d'ingérence est naturellement habité par l'optimisme. Il parie sur un progrès continu de la morale internationale, il table même sur une véritable transmutation de l'ordre mondial. Il entend rompre avec la vieille perception, traditionnellement pessimiste, des rapports entre les nations. Celle qui considère les États – « monstres froids » – comme les défenseurs exclusifs de leurs intérêts propres. Ce n'est pas tout. Médiatico-optimiste, le droit d'ingérence parie aussi – et c'est un thème rebattu – sur la vérité médiatique et sur la toute-puissance de l'opinion. La communauté des téléspectateurs est présentée comme une force nouvelle venant casser les routines sans principes de la *real politik*. Une force émergente qui refuse de capituler devant l'immoralité prétendument naturelle de la raison d'État. Le droit d'ingérence, en somme, s'oppose aux résignations cyniques et aux nostalgies de chancelleries.

Naïf ou pas, c'est un projet d'apparence généreuse. Des juristes, déjà, ont entrepris de le formaliser. Leurs textes sont disponibles[1]. Ils font leur chemin dans le maquis des organisations internationales. Que ce projet soit fortement teinté d'utopie ne dispense pas de le prendre en compte. L'utopie est l'un des moteurs de l'Histoire. (A la fin du XVIIIᵉ siècle, déjà, Kant suggérait que les États ayant fait le choix d'une constitution démocratique s'engagent à ne plus entrer en guerre les uns contre les autres!) Sur la forme, le droit d'ingérence justifie donc discussions et débats. A condition de clarifier – d'abord – l'idéologie invisible qui l'inspire.

Mission dans le Bronx

Quelle idéologie?

D'abord celle qui trahit une bizarrerie conceptuelle, rarement évoquée. Un non-dit qui traverse tous les textes, court derrière les professions de foi. Ce non-dit, c'est celui qui touche à la *réversibilité* du droit d'ingérence. En bonne théorie juridique, un droit ne s'applique pas à une configuration particulière, à une situation spécifique. Il ne saurait être l'esclave d'une

---

[1]. Voir notamment un texte de Pierre Hassner, « Plaidoyer pour des interventions ambiguës », *Commentaire*, n° 61, 1993. Voir également les conventions de Genève et les protocoles additionnels sur le droit humanitaire.

situation. S'il en était ainsi, on parlerait d'un « droit d'exception », par définition illégitime. Le droit d'ingérence, si l'on prend ses fondements au sérieux, doit donc pouvoir s'exercer dans tous les sens : du Sud vers le Nord, aussi bien que du Nord vers le Sud, de l'Est vers l'Ouest, etc. Peu importe que l'hypothèse paraisse incongrue. Si, dans le passé, la souveraineté a pu fonder un ordre international, c'est précisément parce qu'elle instituait la fiction « incongrue » d'une égalité rigoureuse entre les nations. L'archipel des Seychelles et les États-Unis jouissent, au regard du droit international, d'une souveraineté équivalente. La souveraineté nationale est consubstantiellement égalitaire. Elle transpose aux rapports internationaux l'égalitarisme juridique de la Déclaration des droits de l'homme et du citoyen. Le droit d'ingérence se doit d'obéir au même égalitarisme. Faute de cela, il ne serait qu'un camouflage de la raison du plus fort.

Et dans les faits ?

Suggérons ici un bref scénario[1] :

Un rapport alarmant est publié. Il émane d'une organisation internationale indépendante et révèle, données chiffrées à l'appui, qu'une catastrophe sanitaire frappe le faubourg new-yorkais du Bronx. Les évaluations faites dans les règles, utilisant des paramètres incontestables – mortalité infantile, vulnérabilité aux maladies, malnutrition, etc. –, les recoupe-

---

1. Je m'inspire ici librement d'une hypothèse imaginée par Rony Brauman. Voir la *Nouvelle Revue d'études palestiniennes*, octobre 1994.

ments comparatifs dûment vérifiés laissent apparaître une situation sociale et médicale préoccupante, notamment dans les quartiers noirs où sont concentrés les sans-abri. La publication de ce rapport fait grand bruit. Elle coïncide, il est vrai, avec la diffusion mondiale de plusieurs reportages « insoutenables » sur les *homeless* du Bronx et l'état de délabrement inimaginable des îlots fréquentés par les Noirs. Ces reportages, évoquant au passage la question des droits de l'homme aux États-Unis, s'inquiètent du surpeuplement dramatique des prisons américaines[1].

Dans le monde entier, mais surtout en Afrique et dans les pays arabes, ces informations – et ces images – bouleversent l'opinion. Des milliers de lettres sont adressées aux différents gouvernements, des collectes sont organisées par la presse, des manifestations de solidarité ont lieu spontanément dans plusieurs capitales du Proche-Orient. Les manifestants s'en prennent à « l'indifférence de la communauté internationale » devant ces perspectives de « catastrophe humanitaire ». Des volontaires affluent dans les permanences des ONG locales. Des familles proposent déjà d'adopter des enfants américains. Au bout du compte, plusieurs

---

[1]. Selon le rapport (authentique celui-là) d'une association privée américaine – *The Sentencing Project* – publié en 1992, les États-Unis ont le taux d'incarcération le plus élevé du monde, avec un million de personnes derrière les barreaux. Pour 10 000 résidents américains, 426 sont emprisonnés, dans l'attente d'un jugement ou purgeant une peine. (Pour les Noirs seuls, ce taux est de 3 109, contre 729 en Afrique du Sud.) Ce taux était à l'époque de 333 en Afrique du Sud, 268 en URSS, de 35 à 120 en Europe, de 21 à 140 en Asie.

États arabes, forts de leur richesse pétrolière et disposant d'une flotte aérienne, conséquente, se décident à intervenir. Ils agissent, disent-ils, sous la pression de l'opinion. Une vaste opération est organisée à l'échelle du Proche-Orient. Elle mobilise des équipes médicales irakiennes, saoudiennes, égyptiennes, jordaniennes. Des stocks alimentaires importants sont constitués et conditionnés. Invoquant le droit d'ingérence, un porte-parole de la « coalition humanitaire » (c'est le nom qu'elle s'est donné) annonce bientôt devant l'assemblée générale des Nations unies que les vingt-quatre premiers avions gros porteurs, chargés de vivres et de médicaments, se tiennent prêts à décoller en direction des deux aéroports new-yorkais de John Fitzerald Kennedy et de La Guardia. Le porte-parole, de nationalité libanaise, insiste sur le caractère strictement humanitaire de l'opération.

Que se passe-t-il dès lors ? Le gouvernement américain exprime aussitôt sa stupéfaction et sa colère, avec une violence inhabituelle. Dans un communiqué, la Maison-Blanche dénonce par avance toute « violation » de la souveraineté des États-Unis. Elle rappelle son opposition résolue au principe même du droit d'ingérence, qualifié de « pornographie juridique ».

Faut-il poursuivre ?

L'absurdité du tableautin parle d'elle-même. Absurdité ? A la fin de l'année 1993, une aventure singulière – mais bien réelle – est arrivée à huit éducateurs spécialisés du *Children Village,* un grand centre d'accueil pour enfants souffrant de traumatisme psychologique, situé à Brooklyn. Une aventure qui n'est pas tout à fait sans rapport. Les éducateurs en question s'étaient portés volontaires pour une mission humanitaire en Croatie. Il s'agissait d'aider les enfants – notamment les orphelins – du camp de Varazdin traumatisés par la guerre et l'exode. Au terme de leur mission, les éducateurs ont livré leurs impressions à un journaliste du *New York Times*, Nan Dale, qui les a publiées dans son journal en avril 1994. Des impressions paradoxales. Les huit éducateurs du *Children Village* s'accordent en effet pour dire que les enfants de Varazdin leur ont semblé *moins traumatisés* que ceux de Brooklyn. Explication de l'un d'eux : « La guerre a interrompu et déformé la vie d'enfants en plein épanouissement et les a séparés de leur famille et amis. A l'inverse, la guerre interminable, insidieuse et non reconnue qui frappe les pauvres en Amérique a privé toute une génération de jeunes de leur enfance même. »

L'évidence s'impose : le droit d'ingérence est un droit que l'Occident entend s'accorder à lui-même. A l'exclusion de toute autre hypothèse. Cela ne veut pas dire que ses intentions sont inavouables, loin s'en faut. Mais on préférerait qu'elles soient avouées. En réalité, les pays démocratiques et industrialisés de l'hémisphère Nord souhaitent pouvoir intervenir librement dans les pays du Sud, en affirmant que c'est pour y secourir des populations en danger, apporter des secours éventuels et faire prévaloir « le respect des droits de l'homme ». Ce projet ne vise d'ailleurs qu'un nombre limité de pays, essentiellement situés en Afrique et en Amérique latine. On imaginerait mal un droit d'ingérence qui s'exercerait, par exemple, sur le territoire chinois où des troubles énormes, y compris des famines rurales, ne sont pourtant pas à exclure. Ne serait-ce qu'à cause de l'incommensurabilité des besoins[1].

Invoquer l'Organisation des Nations unies, qui serait, *in fine,* dépositaire et gestionnaire exclusive du « droit » d'ingérence, n'a pas beaucoup plus de sens que d'en appeler abstraitement à une « communauté internationale » qu'on serait bien en peine d'identifier. L'ONU, empêtrée dans ses procédures, dépourvue de moyens et de volonté propre, étouffant sous sa propre bureaucratie, n'est rien tant que l'Amérique ne décide pas, au cas par cas, de l'intrumentaliser. Les échecs cuisants enregistrés en Somalie, au Rwanda, au Cambodge, dans l'ex-Yougoslavie laissent plutôt prévoir un inexorable déclin qu'une montée en puissance. « Fille mal aimée des États, écrivait en 1994 Ghassam Salamé, coauteur d'un ouvrage sur ce sujet, l'ONU est

---

1. Durant l'été 1994, pendant la crise du Rwanda, un journal chinois de Hong Kong cité par *Courrier international* envisageait cette éventualité et la jugeait impossible. Le journaliste Yazhou Zhoukan écrivait notamment : « La tragédie du Rwanda évoque des souvenirs dans la mémoire collective des Chinois. Pendant les périodes de division des années 20 ou 30 ou à l'occasion d'une sécheresse ou d'une inondation, les morts se comptaient par millions, sans oublier la guerre de résistance contre le Japon (1937-1945), la guerre civile (1945-1949) ou la révolution culturelle. [...] L'Afrique qui compte plus de six cents millions d'habitants est d'ores et déjà un fardeau pour le monde. Si la Chine, qui est deux fois plus peuplée, venait à se disloquer de la même manière que le Rwanda, personne ne serait en mesure d'en supporter la charge. »

à présent le symptôme emblématique de leur inquiétante maladie[1]. »

Le fardeau de l'homme blanc

De quelle ingérence s'agit-il, finalement ?

On considère chez nous comme purement polémique ou malveillante la référence au néo-colonialisme. Les intellectuels américains n'ont pas ces fausses pudeurs. Après l'opération humanitaire en Somalie – première intervention décidée sans qu'un gouvernement local, « fantoche » ou non, en fasse la demande –, un robuste débat s'est ouvert aux États-Unis. Il tranchait sur la prudence plus timorée des Européens. Pour certains, le cas somalien comme les cas rwandais ou libérien redonnent une certaine actualité à des hypothèses comme la mise sous tutelle internationale d'un pays ou le « mandat » provisoirement confié par la communauté internationale à une puissance occidentale. Ces procédures furent utilisées après la Première Guerre mondiale (Irak, Jordanie, Syrie, etc.) ou après la Seconde (Érythrée, etc.).

Devant la faillite tragique de certains pays du tiers monde, devant les désordres avérés, la souffrance des populations, les persécutions sanglantes, l'impératif humanitaire fait resurgir pour de bon cette vieille idée du « fardeau de l'homme blanc » qui fournissait une

---

[1]. *L'ONU et la Guerre, la diplomatie en kaki,* sous la direction de Marie-Claude Smouts, Complexe, 1994.

idéologie justificatrice à l'entreprise coloniale. Lorsqu'on cite cette expression fameuse, tirée d'un poème de Rudyard Kipling, on oublie de donner la strophe entière. Elle sonne comme une profession de foi humanitaire extraordinairement actuelle :

> Assumez le fardeau de l'homme blanc
> Les sauvages guerres de la paix
> Nourrissez la bouche de la famine
> Et faites que cesse la misère.

Certains politologues ou publicistes d'outre-Atlantique n'y vont d'ailleurs pas par quatre chemins. Ali Mazrui, directeur de l'*Institute for Global Studies* de l'université Birghamton à New York, s'interroge sans détour : « En fait, se demande-t-il, peut-être assistons-nous à un retour momentané de l'humanité à l'ère du fardeau de l'homme blanc. Peut-être faut-il voir dans l'exemple de la Somalie un avant-goût des événements à venir. »

Plus explicite encore, un spécialiste de l'histoire américaine, Paul Johnson, suggérait ouvertement dans le *New York Times,* en août 1994, que l'on renoue – dans un but humanitaire – avec un projet colonial rajeuni. « Pendant plus de trente ans, écrivait-il, ignorant les causes, la communauté internationale s'est contentée de soigner les symptômes. Or la cause dont découlent toutes les autres est évidente, même si personne n'a jamais osé l'admettre publiquement : certains États ne disposent pas du degré de maturité suffisant pour se gouverner seuls. Les laisser continuer ainsi, avec la violence et l'avilissement humain que cela implique, constitue une menace pour la stabilité de leurs voisins et une offense pour nos consciences. Il s'agit là d'un problème moral : le monde civilisé se doit de porter secours à ces contrées déshéritées en partant les gouverner[1]. »

Quant à Edward N. Luttwack, connu pour son impertinence roborative, il fait un pas de plus. A ses yeux, le risque n'est pas de voir ressusciter un impérialisme blanc, mais bien au contraire de voir s'amenuiser sans cesse les capacités d'interventions militaires de l'Occident, notamment celles de l'Amérique qui n'accepte plus de voir mourir ses *boys* outre-mer. Pour conjurer cette faiblesse et porter coûte que coûte le « fardeau de l'homme blanc », les grandes puissances devraient se doter, assure Luttwak, de « forces supplétives », comparables aux Gurkhas népalais de l'empire des Indes ou à la Légion étrangère créée par la France[2].

L'administration américaine elle-même ne fait pas mystère de son intérêt pour la dimension stratégique de l'humanitaire. Invité à donner son avis sur le droit d'ingérence, le philosophe Paul Ricœur citait, en décembre 1993, un texte officiel définissant les « intérêts vitaux » de l'Amérique. « Un important document américain, issu du Conseil de la sécurité nationale, définit par deux termes les "concepts centraux" *(core-concepts)* de l'Amérique : "démocratie" et "économie de marché", et propose une stratégie générale, illustrée par la formule : *from containment to enlargement.* Et

---

1. Article repris dans *Libération*, 29 août 1994.
2. Article publié dans le *Washington Post* en juin 1994.

"l'agenda humanitaire" figure comme la "quatrième partie d'une stratégie d'*enlargement*". Celle-ci n'est pas *forcément* agressive, ajoutait Ricœur ; elle incorpore même des sentiments authentiques de solidarité. Mais la contribution de la première puissance du monde à des interventions humanitaires est inséparable des autres parties de "l'agenda" de ladite stratégie. C'est ainsi. Et tous les partenaires, protagonistes, antagonistes, doivent en tenir compte[1]. »

C'est peu de dire qu'on en tienne aucunement compte. L'humanitaire d'État est désormais un substitut trop commode, une idéologie trop utile pour qu'on le remette spontanément en cause. Il permet de rapatrier le Bien à l'ouest du monde, de travestir les jeux de la puissance en mouvements de l'âme. Il apaise sporadiquement nos remords, dissipe les questions ou les remet au lendemain. C'est un recours et un refuge. Mais c'est aussi une imprudence pour ne pas dire une imposture. Au-delà des bonnes intentions, il nous voue en effet au simulacre. Il nous rassemble sans cesse derrière des intentions mensongères, des solidarités simulées. Il installe la modernité tout entière dans le « parler-faux ». Quelque chose de vaguement diabolique crépite derrière cette compassion ruisselante et télévisée. Trahison des Lumières…

---

1. Intervention au « Forum sur l'intervention », organisé par l'Académie universelle des cultures, au grand amphithéâtre de la Sorbonne, les 16 et 17 décembre 1993.

IV

LE RETOUR
DES HOMMES-LIEUX

Au printemps 1994, une journaliste américaine enquête sur un phénomène minuscule mais généralisé[1]. Dans les campus, une revendication nouvelle semble émerger parmi les étudiants : celle d'un logement séparé des communautés. Noirs, Hispaniques, Asiatiques, mais aussi homosexuels ou lesbiennes, *wasp* ou musulmans, aspirent désormais à se regrouper en « villages » distincts. Dans la vie quotidienne du campus, en dehors des amphis et des stades, ils répugnent visiblement à se mêler. Sans éclats, sans colère ni discours enflammés, ils récusent paisiblement le *melting pot*, ce principe fondateur du rêve américain. Mieux encore, ils tordent à l'envers, ils retournent sans remords la revendication qui embrasait les mêmes campus dans les années 60 : l'intégration. Celle qui visait à obtenir – au besoin par le ramassage scolaire, le *busing* – l'intégration effective des Noirs dans les écoles et universités. Aujour-

---

[1]. Reportage de Mary Jordan, publié dans le journal de Rhode Island, *The Washington Post Providence.*

d'hui, le mélange ne paraît plus vécu comme une aspiration mais comme une contrainte. Voilà Martin Luther King posthumément désavoué...

Plutôt le regroupement tribal que le mélange, plutôt le quant-à-soi communautaire que le brassage organisé, plutôt le regroupement frileux des identités que leur dépassement volontariste. Ce nouvel état d'esprit des campus est d'autant plus révélateur qu'il mobilise des *graduates* d'origine bourgeoise et non des ruraux jetés dans l'anonymat d'une banlieue. Pour cette raison, il illustre mieux qu'aucune conjecture ethnologique cette tendance au repli identitaire qui remonte, « au plus près », le vent de la mondialisation. Cette résistance est planétaire, ce paradoxe est partout... Voyez cette robustesse retrouvée des dialectes, cette vitalité combative des folklores ; considérez le retour aux sources des Algonquins ou des Chams, l'effervescence aborigène ou zouloue ; écoutez ces hymnes dédiés au terroir moldave, cette exaltation des racines par les poètes inuits ou les griots sonninkés ; entendez la plainte du tamazight[1] berbère, la revendication touareg ou paimpolaise ; enregistrez l'ombrageux particularisme du Tatarstan ou de la Tchétchénie ; notez la vigueur sans précédent de tous ces patriotismes de principautés, de micro-nations ou de provinces ; observez comment réapparaissent chez nous, au cœur même de la grande ville, les anciens marquages religieux, familiaux ou

---

1. Le tamazight est la langue parlée par les Kabyles d'Algérie et qu'entend promouvoir le mouvement culturel berbère (MCB).

communautaires. Folklore marginal ? Péripéties subalternes ? Certainement pas. La crainte la plus répandue, la plus visible, la plus agissante, c'est bien celle d'une *dissolution* dans l'uniformité. « Face à la modernité, constate l'essayiste américain Michael Walzer, toutes les tribus humaines sont en voie de disparition[1]. » Un ethnologue décrivait en 1993 cette uniformisation dans un essai au titre sans détour : *Adieu à la différence*[2] ! Cette disparition annoncée réveille, partout, la phobie du mélange. Quand ce n'est pas la hantise du métissage. Ou de la souillure...

Un vertige !

Les mots et les choses

Oui, un vertige. C'est devant cette alternative que balance notre fin de siècle : l'universel ou la différence, l'émancipation de l'individu ou la pesanteur de l'appartenance, le fantôme de Hegel ou celui de Heidegger. Comme si le destin du prochain millénaire se trouvait suspendu tout entier à une alternative impossible. Plus étrange encore : on dirait qu'à défaut de pouvoir choisir, l'époque consent confusément à un partage des rôles. Le discours est résolument mondialiste. Le langage dominant, c'est celui de l'utopie uniformisatrice, celle qui plaide pour l'alignement des

---

[1]. Michael Walzer, « Le nouveau tribalisme », revue *Dissent*, printemps 1992.
[2]. Claude Karnouh, *Adieu à la différence. Essai sur la modernité tardive*, Éd. Arcantère, 1993.

modes de vie sur le modèle occidental, applaudit à la belle créativité métisse – *world music* ou *world litterature* – et milite pour le triomphe de l'individualisme démocratique. Un optimisme généreux mais « impitoyable », en effet, qui oppose le Bien de l'universel au Mal de la différence.

Le réel, en revanche, procède à rebours. Lorsqu'il chemine à marche forcée, c'est à reculons. Il s'inquiète confusément de l'uniformité planétaire et du « désenchantement du monde[1] ». Il fait retour en hâte vers le refuge du « local » (traditions, langues, appartenances, etc.). Le réel, en somme, est plus villageois que jamais, plus chauvin qu'avant-hier, plus national que de raison. Une faille s'ouvre ainsi *entre les mots et les choses,* un vide se creuse sous le vernis du langage et la pellicule des apparences. Faut-il ajouter que ce partage de rôles – sauf exception – est aussi social ? Un phénomène de classe, aurait-on écrit hier. Aux élites de la *Jet Set,* l'impatience magnifique du mondialisme ; au *vulgum pecus,* la crainte du déracinement et le recroquevillement sur soi-même. Aux gouvernants l'ivresse annoncée de l'espace télématique et transcontinental ; aux peuples l'étroitesse parcimonieuse du terroir et le maigre viatique de la tradition. Ce partage social vaut d'ailleurs à l'échelle du monde. Voyez la carte ! Les États riches, membres du « club des sept » sont mondialistes ;

---

[1]. L'expression « désenchantement du monde », *(Entzauberung)* que l'on attribue à Marcel Gauchet (et que lui-même semble attribuer à Weber), est en réalité de Friedrich von Schiller (1759-1805). Elle désignait la disparition des superstitions et des « magies » en tant que techniques de salut.

la Mauritanie ne l'est pas, ni le Burkina Faso. « Le réveil des cultures périphériques est l'arme du pauvre[1]. »

L'utopie mondialiste – la dernière qui nous reste – mord donc difficilement sur le réel. Elle échoue à convaincre les foules. Son verbe est comme frappé d'impuissance, exilé loin de la chair du monde. Pareil exil ne va pas sans conséquences. Tout discours tend à se radicaliser quand il n'est pas entendu. Le credo généreux du mondialisme se dégrade peu à peu en prêche comminatoire, le beau projet universaliste dérape progressivement vers l'élitisme hautain. Lui qui se voulait dépassement des intolérances ! Il se crispe comme une injonction agacée, il se fait dédaigneux et, lorsqu'il dénonce le « populisme » qui lui résiste, c'est au peuple qu'il songe en secret. Il faudrait s'interroger sur la fortune très ambiguë de l'adjectif « populiste » depuis quelques années. Désignant, certes avec raison, un regain de démagogie dans la classe politique, il fournit en même temps un alibi à un élitisme peu soucieux de démocratie. Peu à peu, deux raideurs se retrouvent ainsi dressées l'une contre l'autre. On sent bien la gravité *politique* de ce décalage.

Car enfin ! Si le discours dominant ne passe pas, c'est sur lui-même qu'il devrait d'abord s'interroger. C'est ce que suggère le philosophe Bruno Latour lorsqu'il reproche aux hommes politiques de l'établissement leur condescendance professorale. « Aucun homme politique, écrit-il, ne peut se permettre d'en appeler, comme

---

1. Bertrand Badie, *L'État importé,* Fayard, 1992.

Antigone, à une vérité supérieure que le peuple, dont il porte la voix, ne saurait comprendre. S'il n'est pas compris, il parle faux, il sonne faux – connaîtrait-il, par ailleurs, toutes les langues et les sciences de la terre[1]. »

Des recommandations de cette sorte restent autant de vœux pieux. Le discours mal entendu se fait plus dédaigneux encore. Si le peuple résiste à la modernité, au GATT, à Maastricht, au postnational, faudra-t-il se résoudre à changer de peuple ? Devra-t-on, faute de mieux, l'abandonner aux flatteries patriotardes des démagogues ? Préférera-t-on laisser carrément les peuples au bord du chemin ? Bâtir l'avenir sans eux ? C'est peu de dire qu'il y a là une crise de la démocratie. Jamais, l'antienne de la « coupure » ne s'était faite aussi insistante. La classe politique, répète-t-on, serait coupée de ses électeurs ; Paris serait coupé de la province ; la culture serait coupée des masses ; la jeunesse serait coupée de la société ; les riches seraient coupés des pauvres ; la presse serait coupée de ses lecteurs.

C'est contre cette évidence de la coupure – maladie avérée de la démocratie – que quelques guetteurs fulminent. « Les élites françaises, dans leur superbe compétence et leur moralisme, ne sont plus en phase avec les Français. Il ne s'agit pas d'accabler spécialement la classe politique, il s'agit aussi bien des intellectuels, des chercheurs, des journalistes, des artistes, des universitaires, tous gens à l'âme noble. C'est un cercle, un club

---

1. Extrait d'un article intitulé « Véridiques et menteurs », *Libération*, 24 juin 1994.

où tout le monde se connaît. Une cour qui gravite à Paris, que personne ne met plus en cause, dont on ne se moque même plus, comme jadis. [...] Elle ne peut faire son autocritique. Elle juge les Français (seraient-ils racistes par exemple ?) mais, jugeant, elle sera à son tour jugée[1]. »

Cette inquiétude s'aggrave. Elle s'exprime à la moindre occasion. On en fait des livres. Ce n'est pas par accident. Elle clignote comme un signal. Est-ce l'annonce d'une crise ou d'un conflit de civilisations à l'échelle du monde[2] ?

Les « préjugés utiles »

Lisons bien les livres !

Passé l'effet de surprise, c'est avec anxiété qu'on paraît vouloir remonter la trace jusqu'aux origines. C'est précipitamment qu'on reconstitue la généalogie de cette grande opposition théorique entre le « local » et l'« universel ». La profusion parle d'elle-même. On s'épuiserait à vouloir dresser la liste des livres, revues, colloques et dossiers consacrés ces dernières années à un débat d'essence culturelle qui eût semblé subalterne dans les années 60. Il ne l'est plus, assurément. Il a

---

1. Cornélius Castoriadis, *Esprit*, décembre 1991.
2. Dans un long article publié en 1993 dans la revue *Foreign Affairs*, le politologue américain Samuel Huntington suscita quelque émoi en prophétisant une multiplication des guerres culturelles, un inéluctable « conflit entre civilisations ». Une traduction de cet article a été publiée dans *Commentaire*, n° 66, été 1994.

même supplanté toutes les problématiques d'avant-hier : le socio-économique, la liberté, la lutte des classes, le totalitarisme, l'engagement... C'est un peu comme si, prise de court, la modernité convoquait sa mémoire.

Ainsi s'efforce-t-on de reprendre à sa source le fil d'une grande dispute philosophique amorcée au moment même des Lumières, poursuivie pendant la Révolution, relancée par la contre-révolution et la réaction romantique. Le regain d'intérêt pour des hommes comme Condorcet, Saint-Simon, Auguste Comte, Jean-Jacques Rousseau, Ernest Renan – pour ne citer qu'eux – illustre bien ce besoin de retremper en quelque sorte le credo universaliste. Tous les cinq furent d'ardents défenseurs de ce que Goethe appela un peu plus tard notre « appartenance à toute l'humanité[1] ». « Comme la vérité, s'écriait Condorcet en 1780, la raison, la justice, les droits des hommes, l'intérêt de la propriété, de la liberté, de la santé sont les mêmes partout. » « Quand il est question de raisonner sur la nature humaine, observait Rousseau en 1772, le vrai philosophe n'est ni Indien, ni Tatare, ni de Genève ni de Paris, mais il est homme. » « Je suis nécessairement homme et je ne suis Français que par hasard », notait pour sa part Montesquieu, en 1748. Quant à

---

1. La phrase complète de Goethe est la suivante : « Une tolérance généralisée sera atteinte le plus sûrement si on laisse en paix ce qui fait la particularité des différents individus humains et des différents peuples tout en restant convaincu que le trait distinctif de ce qui est réellement méritoire réside dans son appartenance à toute l'humanité » (1821).

Ernest Renan, un siècle plus tard (en 1860), il formalisera cette analyse en un raccourci très moderne de ton : « Je conçois pour l'avenir une humanité homogène où tous les ruisseaux originaux se fondront en un grand fleuve et où tout souvenir des provenances diverses sera perdu. »

À cet optimisme résolu qui parie sur l'arrachement de chacun – et de chaque peuple – à la prison de ses appartenances, à ce grand projet universaliste qui préfigure ce que Hegel appellera le « sens de l'Histoire », s'opposent dès l'origine les penseurs français de la contre-révolution : les Joseph de Maistre ou J. A. de Gobineau ou même, dans une certaine mesure, Michelet. Eux mettent en avant la *réalité* des enracinements communautaires, nationaux, religieux qui, à leurs yeux, n'emprisonnent pas l'individu mais le définissent. Ils dénoncent cette utopie désincarnée des Lumières qui prétend s'affranchir avec orgueil de ce que Joseph de Maistre appelle les « préjugés utiles ». Ils récusent cet idéalisme, refusant de voir les hommes tels qu'ils sont, un idéalisme qu'Edmund Burke appellera la « philanthropie pernicieuse ». « Le rêve humanitaire de la philosophie qui croit sauver l'individu en détruisant le citoyen, en niant les nations, en abjurant la patrie… je l'ai immolé moi-même, confessera Michelet en 1831. La patrie, ma patrie seule peut sauver le monde[1]. »

---

1. Sur cette grande opposition entre universel et différence, on se reportera utilement à l'ouvrage minutieux et précis de Tzvetan Todorov, *Nous et les autres*, Le Seuil, 1989.

Vieux débat qui oppose finalement le réel au conceptuel, le local au mondial, le véritable au souhaitable, l'enracinement à l'errance, la pesanteur des choses à la fumée des discours, le réalisme au volontarisme, la vérité de la terre aux faux-semblants de la ville, etc. Vieux débat mais qui, du XVIIIe siècle à aujourd'hui, *n'en finira jamais* et départagera en profondeur les grandes familles politiques. Aussi bien en France que dans le reste de l'Europe, et notamment en Allemagne avec un écrivain comme Johann Gottfried Herder (1744-1803), inspirateur du *Sturm und Drang*[1] et avocat mesuré de la « différence[2] ». Débat dont on retrouve également l'écho dans la grande querelle russe qui opposera, au XIXe siècle, les slavophiles aux occidentalistes ; querelle réactivée dès l'effondrement du communisme.

Un historien comme René Rémond fait remonter à cette grande dispute originelle entre différence et universel le critérium qui permet d'élaborer une typologie des courants de pensée, et notamment de définir la tradition française ultramontaine, c'est-à-dire d'extrême droite. Sur bien des aspects, par exemple, c'est dans cette tradition hostile aux Lumières et de la contre-révolution que s'enracinera l'idéologie de la « Révolution nationale » vichyste.

---

1. Littéralement *Tempête et Passions,* titre d'un drame de Friedrich Maximillian Klinger (1777) qui donna son nom au mouvement romantique allemand.
2. Dans *Le Mécontemporain,* Alain Finkielkraut rend justice à Herder, trop souvent assimilé, sans plus d'examen, à un « penseur de la contre-révolution ».

Quant à l'arrachement à soi-même qu'exige toute participation à l'universel, ce geste qui fracture la prison des appartenances et nous aventure dans l'errance moderne, il n'est pas éloigné du concept même de liberté tel que Jean-Paul Sartre le définissait. « Elle n'est rien d'autre, écrivait-il, que le mouvement par quoi perpétuellement on s'arrache et se libère. Il n'y a pas de liberté donnée. Il faut se conquérir sur les passions, sur la race, sur la classe, sur la nation et conquérir avec soi les autres hommes[1]. »

Ce débat qui renaît aujourd'hui n'est pas seulement très ancien. Il est mené, à quelques variantes près, sous d'autres cieux. Contrairement à ce qu'on croit souvent, il n'est pas, dans son balancement binaire, le privilège de l'Occident, un avatar propre à « notre » modernité. Les travaux de certains anthropologues décrivent très curieusement des conflits de représentations, des mythes transmis par la tradition orale, qui évoquent – presque mot pour mot – la même opposition entre ce qu'on pourrait appeler le besoin de racines et le désir d'errance. Les plus ressemblants sont peut-être ceux qu'analyse Joël Bonnemaison, spécialiste de la culture mélanésienne et de l'archipel du Vanuatu (ex-Nouvelles-Hébrides)[2].

Ainsi du mythe qui oppose métaphoriquement l'arbre à la pirogue. Tout être humain, enseigne-t-il, est partagé entre deux aspirations vitales et contraires :

---

1. Jean-Paul Sartre, *Qu'est-ce que la littérature ?*, Gallimard, 1972.
2. Joël Bonnemaison, *La Dernière Ile,* Arléa-ORSTOM, 1986.

l'enracinement dans le particulier et le « voyage » vers l'universel. Tout être se croit condamné à un choix mutilant : homme-lieu ou homme flottant ; se résoudre à obéir aux appartenances ou les rejeter pour affronter le grand large. L'image de l'arbre, dans ce mythe, symbolise évidemment l'homme-lieu, la pirogue figure l'homme flottant.

Le message porté par ce mythe mérite d'être entendu. Il résout en effet le dilemme d'une manière plus fine que ne le font certaines idéologies modernes : pour l'homme, il ne s'agit pas de « choisir » un terme au détriment de l'autre, l'arbre contre la pirogue, ou l'inverse. Il faut vivre jusqu'au bout la *tension* entre ces deux destins car c'est cela même qui définit la condition humaine. Une condition à la fois enracinée et flottante, dotée d'une patrie symbolique mais brûlante du désir d'évasion. Et c'est l'une qui permet l'autre : ne jamais oublier, recommande le mythe, que c'est avec l'arbre qu'on fabrique la pirogue. Traduit en langage occidental, cela revient à dire : c'est par l'acceptation du local – et non point par son refus – qu'on atteint à l'universel. Sagesse que Maurice Merleau-Ponty exprimait ainsi : « C'est par ce que nous avons de plus propre que nous sommes entés sur l'universel. » Mesure que l'écrivain portugais Miguel Torga saluait pareillement lorsqu'il proposait cette définition fulgurante : « L'Universel, c'est le local moins les murs[1]. »

---

1. C'est le titre d'une conférence traduite en français et rééditée aux éditions William Blake en 1994.

Un rendez-vous manqué

Cette plongée dans l'histoire des idées ou l'anthropologie a son utilité. Mais c'est aussi un effort de mémoire plus modeste qui s'impose. Cet affrontement entre universel et différence permet de mieux *relire* l'aventure – toute proche – du siècle qui s'achève. Nous voilà juchés sur un promontoire d'où se dessinent plus nettement les affrontements d'hier. Tournons la tête, à nouveau, vers ces deux grands totalitarismes qui ont ensanglanté l'époque. François Furet a raison d'y voir deux pathologies curieusement symétriques : le nazisme, comme pathologie de la différence, le communisme, comme pathologie de l'universel[1].

Le national-socialisme, à l'évidence, se veut une révolte contre la modernité universaliste et le constructivisme, incarnée à ses yeux par le judéo-christianisme. Le principe contre lequel il se dresse, c'est celui-là même que saint Paul énonçait dans l'*Épître aux Galates* : « Il n'y a plus ni hommes ni femmes, ni Juifs ni Grecs, ni hommes libres ni esclaves, vous êtes tous un en Jésus-Christ. » Le nazisme est l'antichristianisme par excellence. Il ne combat pas seulement la religion des esclaves et des sous-hommes, il propose de réenchanter le monde, de ressusciter en quelque sorte les mythes triomphants du paganisme originel et de réactiver le sacré disparu. Il retourne vers la grande forêt

---

1. François Furet, *Le Passé d'une illusion. Essai sur l'idée communiste au XXe siècle, op. cit.*

germanique d'avant notre ère, là où régnaient innocemment les forts, où les victimes payaient leur tribut à leurs persécuteurs. Récusant l'universel – cette « juiverie », cette contre-nature –, il réhabilite la différence et re-légitime la robuste amoralité des maîtres qui est « par-delà le bien et le mal ». Il ne ruse même plus avec les Lumières, il les *efface*. Le concept d'humanité, à ses yeux, n'est qu'une illusion. La terre appartient à ses conquérants, c'est-à-dire aux Aryens, tribu dominante en quête d'espace vital. « Transvaluation de toutes les valeurs ! » s'écriait Nietzsche, abusivement récupéré par le nazisme[1]. Pathologie de la différence, en effet. Délire cohérent dont on retrouve les traces dans la rhétorique de certains groupuscules d'extrême droite[2].

A cette différence sacralisée, le marxisme oppose un universel, un internationalisme qui n'est pas moins absolu : l'horizon indépassable du socialisme scientifique. Prolétaires de tous les pays, unissez-vous ! Lui ne récuse pas la doléance des victimes, il se l'approprie. Il prétend parler en leur nom. C'est un christianisme devenu fou. A ses yeux, les différences, et notamment les différences nationales, sont des ruses bourgeoises pour diviser le prolétariat mondial. Les particularismes sont des mystifications dissimulant la cruauté des rap-

---

1. Nietzsche, *L'Antéchrist*, Éditions 10-18, 1990.
2. Un exemple entre mille : les jeunes néo-nazis du PNFE (Parti nationaliste français et européen) se disent explicitement « païens, allergiques à l'universel de l'Église ». Réflexion plus explicite encore de l'un d'eux : « Il faut avoir le courage de nous défaire de cette vieille peau judéo-chrétienne » (rapporté par l'hebdomadaire *La Vie*, 20 janvier 1994).

ports de classe. Les religions ou les appartenances sont un opium, des archaïsmes résiduels qui reculeront devant la raison. Le marxisme est puissamment universalisant, y compris par la violence. La révolution d'Octobre accélérera, de fait, l'occidentalisation de l'empire russe et, au-dehors, le marxisme agira, pour reprendre une phrase fameuse de Claude Lévi-Strauss, comme une ruse de l'Histoire pour occidentaliser le tiers monde[1]. Au besoin par la schlague. En envahissant l'Afghanistan, les Soviétiques ne claironnaient-ils pas qu'ils allaient y éliminer le tribalisme féodal et le droit de cuissage ?

Différentialisme halluciné d'un côté, universalisme massacreur de l'autre : ces deux projets totalitaires que tout distingue – sauf la police, les camps et la haine de la démocratie – se retrouveront historiquement dépendants l'un de l'autre, se justifiant et se perpétuant l'un par l'autre. « Le fascisme, écrit Furet, est né comme une réaction anticommuniste. Le communisme a prolongé son bail grâce à l'antifascisme. » Il n'empêche que pour nous, Occidentaux, les traces laissées par cet affrontement ne prennent pas vraiment en compte cette symétrie. L'assaut mortel de l'hitlérisme a surtout enraciné dans la mémoire occidentale une méfiance décisive – et fondée – contre toute rhétorique différentialiste. Dans nos esprits, le mal consiste d'abord en

---

[1]. La phrase exacte – qui date de 1979 – est la suivante : « L'idéologie marxiste communiste et totalitaire n'est pas autre chose qu'une ruse de l'Histoire pour promouvoir l'occidentalisation accélérée de peuples restés en dehors jusqu'à une époque récente. »

un refus de l'universel. Il est vrai qu'avant même d'être confrontée au nazisme, l'Europe avait payé son tribut à une autre pathologie du national, celle de la Grande Guerre (1914-1918). Les boucheries du chemin des Dames ou de Verdun, perpétrées au nom de la différence nationale, ne comptèrent pas pour rien dans ce ralliement des Occidentaux – et notamment des Français – à l'idée universaliste.

Mais à cause de cela, nous avons du mal à comprendre qu'il n'en va pas ainsi à l'Est. Après la sortie du communisme qui rapatriait les peuples de l'Est dans l'Histoire, un puissant malentendu s'est fait jour. Un malentendu qu'Alain Finkielkraut fut parmi les premiers à repérer[1]. Vu de l'Est, en effet, ce n'est pas le national qui incarne la tyrannie mais son contraire : l'idéologie universaliste de l'empire soviétique et du « socialisme scientifique ». La langue de bois du KGB, l'idéologie menteuse du commissaire politique, l'oppression de tous les jours, c'étaient celles de l'internationalisme prolétarien. A l'Est, en quelque sorte, la nation n'était pas opprimante mais opprimée ; les particularismes n'étaient pas exaltés par l'idéologie mais combattus. La volonté d'enracinement, la mémoire nationale, les appartenances, les religions constituèrent pendant plusieurs générations autant d'îlots de résistance. (Sauf lorsque Staline, à Stalingrad, se résolut à ressusciter fugitivement la vieille nation

---

[1]. Voir notamment *Le Mécontemporain, op. cit.* ; *Comment peut-on être croate,* Gallimard, 1993, et *Le Crime d'être né,* Arléa, 1994.

russe pour gagner la « grande guerre patriotique ». Mais c'est avec l'internationalisme que l'URSS renoua très vite[1].) Après l'effondrement du communisme, ces mêmes nations, cultures, religions, appartenances revendiquèrent le droit de renaître au grand jour. C'était bien le moins. Vues de l'Ouest pourtant, elles furent diabolisées. On y vit le signe d'un réveil funeste de la différence.

Plus qu'un simple malentendu entre les deux moitiés de l'Europe, il y eut bien là quelque chose comme un rendez-vous manqué. L'Est et l'Ouest n'avaient décidément pas le même diable dans la tête. Marquée ici d'un signe négatif, la différence était perçue là-bas comme une liberté reconquise. La lecture de la littérature dissidente aurait dû nous aider à mieux percevoir ce décalage. Lorsqu'il n'était encore qu'un dramaturge persécuté par la police tchèque, un homme comme Vaclav Havel s'exprimait en des termes que nos intellectuels – s'ils n'avaient été respectueux du person-

---

1. Significativement, les groupuscules slavophiles d'aujourd'hui – différentialistes jusqu'à la caricature – vénèrent le Staline « patriote » mais dénoncent l'« utopie internationaliste » de ses successeurs. Il est fort intéressant de citer ici l'extrait d'un article de l'écrivain russe Victor Trostnikov, publié en 1990 dans le numéro spécial consacré à Staline d'une revue slavophile *Molodaïa Guardia* (Jeune Garde) : « Trois ans avant la grande guerre patriotique, on a ranimé l'idée russe, et l'internationalisme s'est effacé. On a exhumé les grandes œuvres, les films, etc. On a su réveiller cet amour pour la Russie qui subsistait dans la génération née avant la Révolution. Les Allemands avaient sous-estimé cette préparation psychologique. L'effondrement qu'ils escomptaient n'a pas eu lieu. Une Russie vivante et héroïque s'était substituée à l'anonyme URSS. » Un peu plus loin, l'auteur dénonce « la honteuse période khrouchtchévienne » et « la deuxième tentative pour imposer l'utopie internationaliste ».

nage – eussent volontiers considérés comme ceux d'un homme de droite.

« Il faut que l'homme retrouve dans ce monde non seulement un domicile mais aussi un "chez soi", que son monde ait un ordre, une culture, un style. Qu'on y respecte et cultive avec sensibilité, même si ce doit être au détriment de la productivité, le profil du paysage ; qu'on vénère la fantaisie mystérieuse de la nature, de ses couleurs, et la multitude des liens impénétrables qui la rendent homogène ; que les villes et les rues aient leur caractère particulier, leur atmosphère unique ; que la vie humaine ne se réduise pas à la production répétitive des biens et à leur consommation, mais que des possibilités multiples lui soient ouvertes ; que les gens cessent d'être un troupeau, une marchandise manipulable et uniformisée, consommateurs de culture télévisée[1]. »

Le « progressisme » de chez nous, celui que décrit Jean-Claude Milner[2], récuserait évidemment ce plaidoyer pour l'enracinement s'il s'énonçait en français. Malentendu, en effet. Ceux qui ont observé d'assez près l'ouverture de l'Est n'oublieront d'ailleurs pas la condescendance avec laquelle les intellectuels, hommes d'affaires et décideurs occidentaux, accourus en Europe orientale ou dans l'ex-URSS, toisent leurs interlocuteurs locaux : ces cousins pittoresques, attachés à des aspirations « tribales », ces naïfs malhabiles devant la

---

1. Vaclav Havel, *Interrogatoires à distance*, Éd. de l'Aube, 1989.
2. Voir Jean-Claude Milner, *L'Archéologie d'un échec*, Le Seuil, 1993.

modernité capitaliste, ces miséreux en mal de traditions mais qu'on pensait pouvoir acheter avec la verroterie électronique ou électroménagère de l'Ouest... Ces retrouvailles gangrenées par le mépris, ces humiliations qui furent distribuées alentour ne seront pas guéries facilement. Le ton des rapports entre Allemands de l'Ouest et de l'Est, bien vite envenimé, donne une idée de l'ampleur du malentendu.

Un malentendu qui s'aggrava d'autant plus vite qu'il se trouva, à l'Est, bien assez de démagogues pour flatter, dévoyer et même jeter dans la guerre ces aspirations « chauvines » dont l'archaïsme nous étonnait tant. Les Milosevic serbes, les Jirinovsky russes, les Meciar slovaques, les Iliescu roumains justifiaient opportunément nos condamnations sans appel. Tous avaient en commun d'être des apparatchiks reconvertis dans le chauvinisme pour se maintenir au pouvoir. Apprentis sorciers funestes, fauteurs de guerres et commanditaires de crimes, ils inventaient ce syncrétisme totalitaire, bâtard monstrueux du communisme et du fascisme, qu'Edgar Morin appelle judicieusement le « national communisme ». Faisant cela, ils mettaient le feu à l'Est et nous dispensaient de répondre à la question principale. Elle tient en quelques mots : ces aspirations confuses qu'ils chevauchaient avec cynisme, d'où venaient-elles au juste ? Cet élan qu'ils captaient à leur profit, de quel manque, de quelle souffrance, de quelle frustration se nourrissait-il ? Et ces « appartenances », d'où avaient-elles tiré la force de survivre pendant deux, trois ou quatre générations ?

Sauf exceptions, nous ne nous sommes guère attardés sur le sujet. Nous avons préféré opposer avec hauteur la belle raison universaliste de l'Ouest au désolant tribalisme de l'Est[1]. Convenons que c'était un peu court. Là encore, il faut citer l'essayiste américain Michael Walzer. « La gauche, assure-t-il, n'a jamais rien compris aux tribus. Il est clair maintenant qu'une grande partie de l'obstination, de la résistance passive mais pénétrante qui ont érodé les régimes totalitaires de l'Est provenaient de passions et de loyautés de nature hautement particulariste. Nous devrions nous étonner du pouvoir de ce particularisme. Il a été reproduit décennie après décennie, à travers plusieurs générations, sans aucun appui des organes officiels de reproduction sociale que sont les écoles et les médias[2]. »

Dans son livre sur les événements polonais, l'historien Bronislaw Geremek évoque ce même malentendu et rend explicitement hommage au « sentiment national » et au christianisme des Polonais. Aux Occidentaux prisonniers des idées reçues, il rappelle « le rôle énorme joué par le sentiment national dans la résistance au communisme. C'est lui qui, avec la religion et la conscience chrétienne, a immunisé de la manière la plus efficace » la société contre le communisme. Sa conclusion sonne comme un regret :

---

1. « Les tribus ou l'Europe », ce fut le sens – et le titre – d'un colloque condescendant sur « L'Europe et les tribus », organisé les 28 et 29 février 1992 au palais de Chaillot, à Paris.
2. Entretien avec Chantal Mouffe, *Esprit*, mars-avril 1992.

« l'Europe contemporaine ne devrait pas craindre les nations[1] ».

Une « erreur système »

Cette approche irréfléchie dont témoigna la modernité occidentale nous fit donc rater, au-dehors, ces retrouvailles. Au-dedans, elle justifia des égarements, des palinodies dont nous rougirons peut-être un jour. La gauche française, par exemple, se noya littéralement dans un dilemme qui parut dépasser son entendement. Face à des questions cruciales comme l'immigration, le racisme et l'assimilation, elle erra entre l'aveuglement volontaire, le différentialisme irréfléchi, la protestation sentimentale, la moralisation bêtasse et la ruse médiatico-électorale. Ce n'était pas par hasard.

Sur la question clé, celle de la différence, en effet, l'Histoire du siècle avait brouillé les cartes. Avocate historiquement désignée de l'universel, la gauche s'était trouvée paradoxalement – disons pendant vingt ans – compromise avec le relativisme culturel. Le respect des traditions du Sud menacées par l'Occident, la valorisation des différences chinoises, amérindiennes, arabes ou bantoues dressées contre « l'impérialisme » fut partie intégrante du catéchisme anticolonialiste, tiers-mondiste ou régionaliste des années 60 et 70. Le grand remords occidental d'après guerre conduisait à

---

[1]. Bronislaw Geremek, *La Rupture. La Pologne, du communisme à la démocratie,* Le Seuil, 1991.

une détestation de soi et donc à une valorisation repentante de l'autre. Soucieuse d'expier pour « l'impérialisme », historiquement désillusionnée, la gauche occidentale idolâtra effectivement la différence. Elle s'en proclama même la gardienne déterminée et entonna les refrains militants de l'époque : *Gardarem lou Larzac !* Le structuralisme et les thèses différentialistes de Claude Lévi-Strauss lui fournissaient une couverture idéologique[1].

Curieusement, le différentialisme se trouvait ainsi arraché à son camp d'origine, transporté de l'extrême droite vers l'extrême gauche. Jusqu'alors, en effet, l'exaltation des cultures lointaines, la célébration de l'exotisme « menacé par la corruption moderne », les réticences devant le projet colonial assimilationniste avaient été l'apanage de la droite et de l'extrême droite[2]. La gauche, pour sa part, celle de Jules Ferry ou des hussard noirs de la République, entendait arracher les peuples colonisés aux ténèbres de l'ignorance et de la superstition, à leur différence. Elle pariait sur l'universel, quitte à enrôler celui-ci au service de la conquête. En 1946 – s'en souvient-on ? – le rapporteur de la loi de départementalisation des Antilles françaises s'appelait Aimé Césaire et appartenait au Parti communiste martiniquais. (Les Békés, quant à eux, étaient favorables à une autonomie différentialiste.) A

---

1. Notamment ce grand manifeste différentialiste que constitue le livre *Race et Histoire* publié en 1951.
2. Voir Raoul Girardet, *L'Idée coloniale en France*, Hachette-Pluriel, 1986.

la faveur de la décolonisation, le différentialisme revendiqué par l'extrême gauche avait donc changé de camp.

C'est vers la fin des années 70, avec la disparition de l'extrême gauche, qu'il réintégra sa famille d'origine. La nouvelle droite se proclama ostensiblement tiers-mondiste et différentialiste. La publication, en 1980, d'un numéro spécial de la revue *Éléments* intitulé « Pour un nouveau tiers-mondisme » en témoigna.

Cet étrange chassé-croisé avait duré l'espace d'une génération. La génération, précisément, qui constituait la gauche lorsque celle-ci arriva au pouvoir en 1981. Un ensemble de réflexes acquis, une culture militante ancienne accouchèrent donc d'un antiracisme généreux dans son inspiration mais imprudent dans sa rhétorique. Il portait dans son inconscient les traces du passé. Le sympathique « Touche pas à mon pote ! », l'appel au respect des « différences » raciales et communautaires, l'émotivité à courte vue de l'antiracisme médiatique, tout cela produisit un effet de brouillage catastrophique. Insoupçonnable quant à ses intentions – la nécessaire résistance à la xénophobie du lepénisme –, cet antiracisme propageait ingénument une idéologie différentialiste assez proche, tout compte fait, de la nouvelle droite. Extravagant paradoxe ! La caution donnée au repli communautaire des banlieues, la racialisation des revendications, le fétichisme de l'identité culturelle (blacks, beurs, etc.), tout cela participait d'un consentement au tribalisme que la gauche, par ailleurs, prétendait combattre. Car enfin ! ce différentialisme pétri de bonnes intentions qu'elle encourageait en France était-il d'une autre nature que celui qu'elle stigmatisait dans les pays ex-communistes ?

Un accident théorique, en quelque sorte, une « erreur système » de la modernité démocratique. Une erreur, à vrai dire, dont il n'était pas très difficile de repérer l'origine. Elle n'eût guère porté à conséquences et n'eût pas justifié de si aigres polémiques, si la majorité au pouvoir – et notamment l'Élysée – n'avait pas fait de ce contresens hâtif mais « sympa » l'idéologie de substitution d'une gauche à la dérive.

C'est l'utilisation de cet antiracisme médiatique par le pouvoir qui conféra à ce débat une ambiguïté détestable[1]. Une ambiguïté qui tenait à ceci : sur le plan des concepts, la critique minutieuse de cet antiracisme imprudent était nécessaire. Il en allait de la conception même qu'on se faisait de la démocratie et de la République. En revanche, pour ce qui concerne les effets de sens, toujours redoutables dans une démocratie médiatisée, il semblait paradoxal de combattre l'antiracisme *au moment même* où le racisme – ennemi principal – se faisait virulent. Ne faisait-on pas ainsi le jeu de l'adversaire ? Vieux dilemme... On fut tenté, comme jadis, de faire l'économie d'une critique pour ne pas « désespérer Billancourt », en l'occurrence pour ne pas « désespérer les Minguettes ». Ce fut tout le sens des reproches virulents adressés

---

1. On trouvera des informations assez précises sur cette récupération purement tactique dans l'enquête d'Emmanuel Faux, Thomas Legrand et Gilles Perez, *La Main droite de Dieu,* Le Seuil, 1994.

à un chercheur comme Pierre-André Taguieff qui, le premier, avait mis en évidence – sur un mode polémique, il est vrai – le fourvoiement idéologique de l'antiracisme médiatique[1].

Les débats escamotés, c'est une constante de l'Histoire, prennent toujours leur revanche. Ils finissent tôt ou tard par resurgir du placard où l'on prétendait les confiner. L'actualité ne manque jamais de leur en fournir l'occasion. C'est ce qui se produisit en 1989 avec l'affaire dite du foulard islamique, moins pittoresque qu'elle n'en avait l'air. Sur ce front, la gauche et la droite se trouvèrent subitement piégées, sommées de clarifier leurs concepts, condamnées à passer aux aveux. Le dilemme se résumait ainsi : au nom du respect des différences et de l'antiracisme « sympa », on ne pouvait interdire à de jeunes musulmanes – manipulées ou non – de manifester leur appartenance. Mais faire cela, c'était consentir à un émiettement ethnique et communautariste de la démocratie, c'était encourager une dérive anglo-saxonne du modèle français. A l'inverse, proscrire rigidement dans les écoles tout signe religieux ostentatoire, c'était sans doute respecter à la lettre le postulat laïc qui fonde la spécificité républicaine de la France mais, dans les faits, cela pouvait passer pour une agression symbolique, dirigée contre une seule communauté : celle des musulmans. Pharisaïsme sourcilleux mais cruel, en somme, risquant d'être inter-

---

[1]. Notamment dans un ouvrage collectif en deux volumes, *Face au racisme,* La Découverte, 1991.

prété comme un raidissement de circonstance, une concession à la xénophobie ambiante. La question se trouvait encore obscurcie par des considérations tactiques plus ou moins avouées, en rapport avec la crainte – ou le fantasme – d'une percée intégriste dans l'hexagone.

Bien sûr, on peut sourire rétrospectivement des divisions, gesticulations, faux procès, fulminations et excommunications, querelles de Conseil d'État qui s'ensuivirent. Lorsqu'un débat de fond est conduit à chaud, Marivaux et Courteline ne sont jamais loin. Mais la pure ironie serait un contresens. Cette affaire du voile n'entraînait pas seulement un réexamen utile – voire critique – de la laïcité française, elle réintroduisait, comme en contrebande, un débat politique essentiel : celui de la nation.

Ambivalence du national

Restaurer la laïcité, proscrire le voile à l'école, comme cela fut fait en dernier ressort, c'était renouer avec la tradition républicaine et parier sur l'assimilation des immigrés. Fort bien. Des travaux récents ont montré que cette capacité assimilatrice, cette transmutation progressive des immigrés en citoyens ordinaires étaient propres au « génie français ». Et si la France possède ce pouvoir assimilateur, c'est parce qu'elle s'est voulue porteuse, depuis les Lumières et la Révolution, d'un projet universaliste. Au XVIIe siècle, un diplomate italien, Caracciolli, publiait déjà un livre au titre révélateur : *Paris, le modèle des nations ou l'Europe française*. La France en qui Marcel Proust voyait « un immense être humain » se veut la patrie de l'Homme universel. C'est mue par cette tension spécifique qu'elle assimile, aujourd'hui encore, plus efficacement qu'on ne le croit. Ce n'est pas le cas du monde anglo-saxon ni de l'Allemagne où, derrière un « patriotisme » strictement juridique ou constitutionnel, persiste une tradition culturelle fortement différentialiste[1].

Reste cependant à savoir *à quoi* l'on assimile, à quel type de collectivité, à quel modèle consensuel on prétend intégrer ces citoyens venus du dehors. La cohésion du modèle, sa vitalité propre, sa séduction détermineront le processus d'assimilation. De ce point de vue, la nation fut historiquement le chaudron dans lequel fondaient les grumeaux de la différence, l'entité assimilatrice par excellence. Le statut même de la nation est donc ambivalent. Lorsqu'elle est considérée du dehors ou quand elle est dévoyée en chauvinisme, elle est perçue comme différence. Vécue du dedans en revanche – et démocratiquement –, la nation est un principe universalisant. C'est sous le surplomb du national que se résolvent les antagonismes, que se sub-

---

1. Le chercheur Emmanuel Todd démontre de façon difficilement réfutable cette divergence entre la France assimilationniste d'une part, les pays anglo-saxons et l'Allemagne non assimilationnistes d'autre part. Une divergence qu'il attribue à un fond anthropologique spécifique déterminé lui-même par l'influence des structures familiales. Voir *Le Destin des immigrés. Assimilation et ségrégation dans les démocraties occidentales*, Le Seuil, 1994.

sument les individualismes, que s'effectue la péréquation des inégalités régionales et que se fondent les identités. C'est le rayonnement même de la nation universelle à la française, son pouvoir d'attraction, qui mettent en mouvement le désir d'assimilation. On n'adhère pas à un modèle dont la symbolique est dégradée ou affaiblie. On s'en protège. On s'en exclut. On s'en retranche. En un mot, c'est dans la nation que s'enracine depuis l'origine la démocratie française.

Il n'est pas abusif d'énoncer le paradoxe suivant : c'est la négation étourdie du national, son dépassement hâtif au profit d'une simple virtualité supranationale, qui ressuscitent les différences. C'est le postnational qui finit par trahir l'universel qu'il prétendait servir. Certes, la nation porte en elle le microbe du nationalisme, plus ou moins menaçant. Mais le supranational est hanté par un péril aussi grave : celui de l'émiettement, fatal à la démocratie. Le plus différentialiste des deux n'est pas forcément celui qu'on imagine. Marcel Gauchet exprime bien cette ambivalence lorsqu'il écrit : « Il ne faut pas se lasser de le rappeler aux tenants de l'universalisme naïf qui oublient l'histoire qui leur permet aujourd'hui de parler et le socle des principes qu'ils défendent. Le dépérissement des nations au profit d'un enchevêtrement mondial de "réseaux" nous ramènerait très vite au tribalisme à une extrémité, et à l'empire à l'autre, à la guerre à la place du commerce, et aux appartenances obligatoires à la place de l'indépendance[1]. »

---

1. Marcel Gauchet, *Esprit*, octobre 1993.

Un autre politologue modéré, Louis Bodin, directeur des Presses de la Fondation nationale des sciences politiques, exprime la même idée : « Loin d'être un repli frileux sur soi, la nation offre une des rares chances que nous ayons encore de revitaliser la démocratie en rétablissant la responsabilité dans une communauté de destin. Bref, la vraie citoyenneté est plus que jamais nécessaire : on voit mal qu'une citoyenneté de cette sorte puisse exister sans nation[1]. »

C'est ainsi que la question de la différence, puis celle du racisme, de l'assimilation et de la République introduisent logiquement au débat sur la nation. Il fut relancé en France, on s'en souvient, à l'occasion du traité de Maastricht. De la pire façon. Trop d'excommunications et de soupçons l'infectaient, trop de calculs en brouillaient les perspectives, trop de hâte le transformait en pugilat. Une sainte inquisition supranationaliste donna l'impression d'y traquer pendant quelques semaines une coalition pittoresque de nostalgiques de la patrie ou du bocage, mêlant les voix du lepénisme ou du traditionalisme vendéen à celles d'un communisme exténué. C'est ainsi qu'on présenta les choses à leur début. Le débat était parasité, en outre, par les remugles du mitterrandisme finissant, exacerbé par la compétition élyséenne déjà ouverte et dégradé en manichéisme sommaire. En apparence, un curieux psychodrame ; en profondeur, un débat politique fondamental. Le seul peut-être que la France ait connu depuis des années.

---

1. *Commentaire*, n° 66, été 1994.

Ce n'était pas si simple, en effet. Sous le brouillard du spectacle, derrière les tumultes et les ostentations, une réflexion un peu plus sérieuse se dissimulait. Elle avait peu à voir avec le « populisme » et, d'ailleurs, ne fut pas conduite par les démagogues qui occupaient le devant de l'estrade. Elle consistait en une évaluation différente de ce qu'on pourrait appeler le pari pascalien de Maastricht : le saut dans le postnational et les risques que cela faisait courir à la cohésion démocratique et sociale [1].

Confronté à d'indiscutables pesanteurs historiques, il s'agit de savoir en quelque sorte si l'on doit s'y abandonner comme le cadavre du chien au fil de l'eau ou les gérer au nom d'une notion désuète : la volonté politique. Nul ne peut nier que la nation soit d'ores et déjà un concept affaibli, partiellement vidé de sa substance. La mondialisation de l'économie, l'interdépendance effective, le double recul de l'État – à la base et au sommet –, l'action uniformisatrice de la modernité, tout concourt à ruiner ce « pathos spécifique » du national, comme le qualifiait Max Weber. Aucun citoyen sérieux ne peut contester, d'autre part, que l'imprévisibilité concurrentielle du monde d'après Yalta impose à l'Europe de rassembler ses forces. Seuls les ignorants ou les sots pensent qu'il s'agit de choisir entre un fédéralisme européen « postmoderne » et un barricadement patriotard. Ce qui invite au débat, ce n'est pas vraiment

---

[1]. Parmi les textes un peu fouillés concernant cette question, citons le remarquable débat opposant Paul Thibaud à Jean-Marc Ferry, *Discussion sur l'Europe*, Fondation Saint-Simon, Calmann-Lévy, 1992.

l'idée européenne, c'est sa procédure. Ce qui pose problème, ce n'est pas l'utopie du dépassement de la nation, c'est la vulgate démissionnaire ou naïve, sermonneuse en tout cas, de ce « dépassement ». (Non plus un réaménagement de la nation mais son gommage pur et simple dans une sorte d'apocalypse festive et mondialiste.) De ce point de vue, la campagne pour Maastricht fut l'occasion – dans un camp comme dans l'autre – de logorrhées assez proches, tout compte fait, de la pathologie.

Notons qu'on est sorti assez vite de cette effervescence fantasmatique. Le ralentissement du processus maastrichien confirma – *a posteriori* – les insuffisances du traité. Le fédéralisme ne fut plus à l'ordre du jour. Les difficultés du système monétaire européen vinrent doucher quelques intrépidités. Le strict monétarisme battit en retraite. L'élargissement de la communauté modifia substantiellement les termes du débat. La commission de Bruxelles mit en sourdine son triomphalisme. Le « déficit » démocratique n'est plus nié par personne. Quant aux plus ardents avocats de Maastricht, ils incorporèrent assez largement à leur discours les critiques de leurs adversaires de campagne[1].

Aujourd'hui, le projet européen n'est pas remis en

---

1. Citons, à titre d'exemple, le livre d'Élisabeth Guigou, *Pour les Européens,* Flammarion, 1994. On y trouvera dénoncée avec véhémence « l'arrogance technocratique ». On y trouvera également quelques autocritiques assez bienvenues. Quant à Jacques Delors, tout en plaidant pour une « fédération d'États nationaux », il écrit dans son dernier livre (p. 285) : « Je ne suis pas de ceux qui pensent que l'évolution de l'Histoire conduise au dépassement des nations », *L'Unité d'un homme,* Odile Jacob, 1994.

cause pour autant. Le débat se poursuit. Des différences de sensibilité perdurent, au sujet de l'Europe, qui traversent d'ailleurs chaque formation politique. Reste de cet épisode cafouilleux le souvenir d'une démonstration en grandeur réelle : la promptitude avec laquelle un projet à débattre peut se transformer en admonestation impatiente ; le passage quasi instantané de l'analyse au catéchisme, de l'inquiétude à la fuite en avant, du désarroi au sermon, de la conviction à la suffisance, de l'argument à la remontrance. Une radicalisation oublieuse du nécessaire, difficile, patient « détour » démocratique. Une radicalisation si peu fidèle – sur ce point – à l'héritage des Lumières. Trahison encore…

La nation à contrecœur

Mais les références à la nation sont comme les histoires juives : elles n'ont pas le même sens selon qui les raconte. Une histoire identique peut être drôle ou sinistre… La nation, garante de la démocratie républicaine dans un cas, devient une référence éminemment suspecte dans l'autre. C'est sans doute en Allemagne que cette ambivalence est la plus criante.

Le débat sur la nation n'y fut jamais de même nature qu'en France. Germanité en quête inlassable d'une nation (un peu comme la Chine, « cette civilisation qui prétend être un État[1] »), périmètre mal déterminé, hési-

---

1. L'expression est de Lucien Pye.

tant sans cesse entre le régionalisme modeste et le Reich conquérant, l'Allemagne ne fut jamais, comme la France, calée dans la certitude de frontières fixes et dans le confort d'une mémoire de mille ans. En Allemagne, le rapport à la nation – au *vaterland* – est moins une évidence qu'un *tourment*. De même que le rapport à la mémoire, mis en évidence par l'inlassable et douloureuse relecture du fameux texte de Tacite : *La Germanie*[1].

Depuis un demi-siècle, l'Allemagne de l'Ouest vivait sous le coup d'une interdiction identitaire, d'une censure symbolique, d'un « nationalisme négatif », pour reprendre l'expression d'Eckart Fuhr. Le crime nazi, la défaite, le partage forcé en deux États, le poids de la culpabilité collective impliquaient un renoncement historique à toute revendication identitaire. La RFA fédéraliste et européenne d'après guerre fut bâtie tout entière sur ce consentement au deuil de la nation remplacée par le fameux « patriotisme constitutionnel ». La vocation européenne des Allemands, leur rattachement sans cesse réaffirmé à l'Occident correspondaient à la quête d'une identité de substitution, d'un « ersatz d'identité », comme le dit Wolfgang Schäuble, dauphin d'Helmut Kohl. « Nous ne voulons pas d'une Europe allemande, écrivait Thomas Mann en 1953, mais d'une Allemagne européenne. » Mystique européenne d'autant plus forte qu'elle se fondait sur une défiance à l'égard de soi-même.

---

1. Voir, sur ce point, le remarquable article de Michael Werner, « La Germanie de Tacite et l'originalité allemande », *Le Débat*, n° 78, janvier-février 1994.

Pascal Lamy, chef de cabinet de Jacques Delors, observait qu'à Bruxelles les Allemands préféraient ne jamais parler en tant qu'Allemands mais comme Européens. « L'antinationalisme sans réserve, bien que non analysé, de l'Allemagne récemment unifiée, écrivait de son côté William Pfaff, reflète le fait que les Allemands n'apprécient pas vraiment d'être allemands. Ils aiment l'idée d'être européens. Ils insistent d'abord sur le fait qu'ils sont européens, et ensuite seulement allemands[1]. » Un écrivain allemand comme Martin Walser observait que le mot même d'« Allemagne », qu'on substitua après 1989 au sigle RFA, lui paraissait resurgir d'un passé où il n'avait plus cours. Un mot qui, après la découverte d'Auschwitz, « n'était plus utilisable que pour la météo ».

La chute du mur de Berlin, puis la réunification ont bel et bien mis fin à cette exception.

Ni les difficultés considérables de la réunification, ni l'agitation groupusculaire et criminelle des néo-nazis, ni le militantisme européen réaffirmé d'Helmut Kohl ne peuvent dissimuler qu'une révision symbolique se trouve souterrainement engagée outre-Rhin. Une quête de soi confuse, inquiète, qui témoigne d'un changement de la donne et qui ne se réduit pas à la volonté d'affirmer sa pleine capacité internationale ou d'obtenir un siège au Conseil de sécurité. De l'autre côté du Rhin aussi, les hommes-lieux paraissent de retour...

---

1. *New York Herald Tribune*, 3 octobre 1990.

Ce débat national qui renaît dans la grande Allemagne ne se résume pas non plus aux provocations de la nouvelle droite. Encore que l'émergence de celle-ci soit révélatrice. Que disent en effet ses représentants ? Ils récusent à voix haute l'interdit pesant sur l'identité allemande et déclarent obsolètes les raisons qui ont présidé à la création de la RFA. Des auteurs comme Hans Magnus Enzensberger et Botho Strauss, des historiens comme Arnulf Baring, Ernst Nolte et Rainer Zitelmann, ainsi que les rédacteurs du journal *Junge Freheit* (Jeune Liberté) partagent le même souci révisionniste. Ils évoquent sans relâche « le chemin épineux de la reconstruction d'une personnalité spirituelle de l'Allemagne ». Le plus en flèche est sans doute Karlheinz Weismann, jeune historien de trente-cinq ans, qui publia en mai 1994, dans la *Frankfurter Allgemeine Zeitung*, un article intitulé : « Pour la nation, contre l'État expérimental ».

Il y dénonçait l'« hystérie collective » que provoque cette émergence de la nouvelle droite, plaidait pour une « adaptation politique et intellectuelle en pleine mutation » et réclamait une reconnaissance décomplexée des « intérêts nationaux » de l'Allemagne. Il fustigeait également la « fausse conscience », la « métaphysique de la culpabilité » de la *Toskana fraktion* (équivalent de notre « gauche caviar »). Plus globalement, il revendiquait le droit de relancer le débat sur « l'appartenance ou non de l'Allemagne à l'Occident » et réaffirmait du même coup l'existence d'une identité allemande irréductible.

Cette nouvelle droite, ultra-minoritaire, est naturellement dénoncée par l'ensemble de l'*etablishment* politique qui lui reproche de préparer intellectuellement et moralement le terrain à l'extrême droite xénophobe en rendant le nationalisme acceptable. Un journal de gauche comme le *Spiegel* ne manque jamais une occasion d'ironiser sur cette obsession. « Quiconque a lu, enfant, *Mickey* et *Astérix*, écrivait-il en janvier 1994, quiconque a regardé, adolescent, la série télévisée *Amicalement vôtre* et *La Fièvre du samedi soir*, écouté *Queen* et *Police*, et quiconque a grandi depuis le bac à sable jusqu'à son premier compte en banque dans l'esprit du "benettonisme" textilo-mondial ne peut que bâiller d'ennui devant le culte de tout ce qui est allemand[1]. »

Il est vrai que l'Allemagne prospère et consumériste – un « parc de loisirs », disait amèrement Helmut Kohl – paraît surtout dépolitisée, guettée par le déclin démographique et entichée d'écologie. Dans ce pays où les passions xénophobes elles-mêmes s'apaisent, nul regain nationaliste ne semble à craindre. « Ce qui est en cause, écrivait Frantz Oppenheimer de retour dans son pays, ce n'est pas le nationalisme, qui a pratiquement disparu, ni le patriotisme exalté, qui a totalement disparu, mais la confusion des cultures ; ce n'est pas l'"élitisme" mais l'illettrisme ; ce n'est pas l'État policier mais la capitulation devant les criminels ; ce n'est pas l'antisémitisme mais la disparition de toute

---

1. Article signé Cordt Schneiben.

croyance ; ce n'est pas le culte de l'État mais celui des biens de consommation[1]. »

Au demeurant, si les jeunes auteurs de la nouvelle droite font du bruit et s'emploient à conquérir une légitimité intellectuelle, les attaches de certains d'entre eux parlent d'elles-mêmes. Sous ce discours souvent lisse et convenable se dissimulent des nostalgies qui le sont moins[2]. Elles devraient limiter l'influence de ceux qui s'en font les hérauts.

Il n'est pas sûr, malgré tout, que l'on puisse ramener l'ensemble du phénomène à une péripétie marginale, à des excès groupusculaires, ni même aux manœuvres d'un parti d'extrême droite – le parti républicain de Frantz Schönhuber, créé en 1983 – en déclin électoral. La quête de « racines », folklorique ou suspecte dans un cas, prend une tout autre signification lorsqu'elle est exprimée par des acteurs insoupçonnables de la vie politique. Dans un livre publié en 1994, Wolfgang Schäuble, chef du groupe parlementaire démocrate chrétien, européen convaincu et artisan de la réunification allemande aux côtés d'Helmut Kohl, recommande le « retour » aux valeurs traditionnelles et familiales. Mais il écrit aussi : « Le patriotisme n'est pas une idée vieux jeu.[...] Il faut redonner du corps à notre

---

[1]. *Commentaire*, n° 65, *op. cit.*
[2]. Ainsi Rainer Zitelmann est-il aussi l'auteur d'ouvrages sur la Seconde Guerre mondiale comme *Hitler. Selbstverständnis eines Revolutionärs* (Adolf Hitler, ou comment un révolutionnaire s'est compris lui-même) ou encore *Die braune Elite* (L'Élite brune). Ses livres sont distribués par un club du livre nommé Schütz Bücher et édités par les éditions K. W. Schütz qui diffusent notamment Jean Mabire et Ernst Nolte.

identité nationale. Il faut normaliser le rapport des Allemands à leur *vaterland*. Il est clair aujourd'hui que l'Europe et la nation ne sont pas deux identités qui s'opposent. Remplacer une identité nationale complexe par une identité européenne qui tient lieu d'ersatz, voilà bien une idée typiquement allemande[1]. »

D'autres observateurs extérieurs, bons spécialistes de l'Allemagne, expriment le même point de vue quant au caractère irréversible de cette lente et profonde réflexion amorcée outre-Rhin. C'est le cas de Michael Werner, directeur d'études à l'École des hautes études en sciences sociales. « On sait qu'à l'heure actuelle, écrit-il, l'Allemagne réunifiée s'engage dans une réflexion nouvelle sur les fondements – culturel, politique, économique, etc. – de la nation. Réflexion qui s'opère sous l'effet de distorsion provoqué par l'actualité immédiate, mais qui amènera néanmoins, tôt ou tard, à procéder à une archéologie de la mémoire nationale que d'aucuns tiennent pour dangereuse (parce qu'elle pourrait mettre au jour des questions qu'on croyait tranchées) alors que d'autres y voient une étape nécessaire sur la voie de la normalisation. Quoi qu'il en soit, on doit reconnaître que l'éclipse, pendant quarante ans de division, d'une série de débats fondamentaux propres à l'histoire allemande, et notamment la question nationale, ne peut prétendre être une solution définitive[2]. »

Plus abruptement – et non sans jubilation antifran-

---

1. Wolfgang Schaüble, *Und der Zukunft zugewandt.*
2. *Le Débat,* n° 78, janvier-février 1994.

çaise – l'*Economist* de Londres écrivait en novembre 1991 : « L'époque où l'on entravait l'Allemagne travailleuse à coups d'euro-obligations pour que la France puisse continuer à vivre sa rusticité cultivée est révolue. » Tout se passe comme si la « pirogue » allemande, à son tour, rentrait doucement au port et que des rêves « d'arbres », parfois, trottaient dans sa tête... C'est sans doute en songeant à tout cela que l'essayiste allemand Christian Meier suggérait, pour évoquer son pays réunifié, cette expression magnifique : « une nation à contrecœur ».

V

D'UN FONDAMENTALISME À L'AUTRE

Participant à un colloque international où les intégrismes religieux étaient stigmatisés, l'écrivain polonais Adam Michnik s'écria brusquement : « Il est faux de dire que c'est uniquement l'intégrisme catholique qui menace la démocratie polonaise. Le nihilisme sans religion la menace également. J'ai peur d'un monde où l'immoralité sans limites et la culture sans sacré gouverneront. Car ce sera un monde sans moralité et sans culture[1]. » D'un autre que lui, la remarque n'eût guère surpris. Exprimée par un prélat de Cracovie ou un dévot de Czestochowa, elle eût semblé convenue. Venant d'un intellectuel caustique, ancien animateur de la dissidence polonaise, adversaire résolu du cléricalisme et rédacteur en chef de *Gazetta,* le plus frondeur des quotidiens de Varsovie, elle prenait du relief.

Les observateurs présents au colloque notèrent que

---

1. Colloque « Religion et politique aujourd'hui », organisé à New Delhi en février 1994.

cette défense du religieux, succédant à celle du cinéaste russe Pavel Louguine, sema le trouble dans l'« assurance laïque » des participants[1]. Un intellectuel indien, Ashis Nandy, ajouta encore à la confusion en faisant observer : « Plusieurs dizaines de millions de personnes sont mortes en Russie en entendant des slogans laïcs. » Cette remarque de bon sens sonnait comme un gros mot.

Que répète, en effet, le discours dominant ? Ceci : le monde entier est à nouveau la proie du fanatisme religieux. La modernité démocratique est assaillie par les prêcheurs en soutane, mollahs imbéciles, imams fous, rabbins hallucinés ou popes serbes bénisseurs de canons. De partout monte à nouveau la marée noire de l'obscurantisme qui subjugue les analphabètes et rameute les laissés-pour-compte. Dans les bidonvilles du Caire ou d'Istanbul, dans les campagnes de l'Arménie ou du Caucase, dans les favellas brésiliennes ou les banlieues londoniennes se rallument les superstitions et conspirent les clergés. On tue sous toutes les latitudes en brandissant la croix ou le croissant. Les mosquées, les synagogues ou les églises accueillent les démunis assoiffés d'illusions et de cantiques. La religion, cet « opium du peuple », est en « vente libre », et des pays entiers basculent dans la dépendance. Voyez l'Algérie et ses assassins barbus ! Regardez les fous enturbannés de Beyrouth ou de Naplouse, les prédicateurs psychopathes de Los Angeles, les rabbins mitrailleurs de Kiryat Arba, les fascistes hindouistes,

---

[1]. Rapporté par Michel Samson dans *Libération*, 20 août 1994.

les égorgeurs orthodoxes de Bosnie ou les pieux catholiques poseurs de bombes à Londonderry...

Une épidémie funeste menacerait ainsi la planète, celle de l'irrationnel et du cléricalisme. Quand ce n'est pas la pure pathologie des sectes et l'imposture des gourous en Rolls. Une maladie de l'entendement que l'on croyait éradiquée resurgirait dangereusement à l'aube de l'an 2000 : celle de la foi, du besoin de croire. Oh, certes, on consent, parfois, à distinguer les vrais religieux des fanatiques. On se dit respectueux des croyances « modérées » qui s'isolent dans la discrétion du privé. Politesse minimale ou prudence de ministres... Il n'empêche que l'air du temps est principalement porteur d'un athéisme résolu et outragé par cette catastrophique « revanche de Dieu [1] ». Les pharisiens laïcs se désolent de la sottise humaine. Les plus sincères – et les plus lucides – voient dans cette résurgence de l'archaïsme religieux une résultante de l'impéritie capitaliste [2].

Une chose paraît admise, en tout cas : la modernité héritée des Lumières se trouverait, trois siècles après Newton, assiégée de nouveau par une pensée magique

---

1. Gilles Kepel, *La Revanche de Dieu*, Le Seuil, 1992.
2. « La religion n'est pas l'opium du peuple, écrit Régis Debray, mais la vitamine du faible. Comment détourner les plus démunis d'y recourir si les États démocratiques n'ont pas plus de mystiques à proposer que de prospérité matérielle en perspective ? C'est faute d'une religion civique librement consentie, faute d'une spiritualité laïque et agnostique, faute d'une véritable morale politique et sociale que prospèrent les fanatismes cléricaux. Le plus grand allié de l'obscurantisme s'appelle aujourd'hui l'économisme. Si nos cyniques s'occupaient moins de l'indice Dow Jones dans les hautes sphères, il y aurait peut-être moins de dévots, ici-bas, dans les mosquées et les basiliques », *Libération*, juillet 1994.

que l'on sait pourvoyeuse d'inquisitions et de meurtres. Il s'agirait, en somme, d'organiser au plus vite la résistance de la raison raisonnable et démocratique. Il arrive que cette attrayante certitude soit exprimée avec mesure. Le plus souvent, elle se contracte en un manichéisme si impérieux, en une réquisition à ce point arrogante et irréfléchie, qu'elle devient à son insu plus religieuse encore que tous les catéchismes.

Sur ce terrain comme sur les autres, la modernité occidentale se dégrade alors, à son tour, en intégrisme sans appel, en une « religion » parmi d'autres, la transcendance en moins. Faisant cela, elle nourrit ce qu'elle prétend combattre. C'est *aussi* parce qu'il rompt avec une tolérance éclairée qui fondait ses origines que l'Occident contribue à rallumer – contre lui – les fanatismes.

Post tenebras lux

Les Lumières menacées par la foi ? La raison scientifique obscurcie par le goût du sacré ? Allons donc ! Une étrange amnésie alimente ces craintes. Les hommes des Lumières n'opposaient pas, comme on le croit, la rationalité à la croyance. Loin s'en faut. Newton, fondateur de l'esprit scientifique et auteur des *Principes mathématiques de la philosophie naturelle*, est un chrétien convaincu et n'exclut pas la possibilité d'une cohabitation du savoir et de la foi. L'un de ses amis et disciples, John Graig, tente même de concilier « scientifiquement » la raison au christianisme dans un ouvrage fameux : *Principes mathématiques de la théologie chrétienne*. Fénelon, dont l'influence est alors considérable, est non seulement chrétien mais archevêque. Sans parler de Nicolas de Malebranche, grand lecteur de Descartes et néanmoins homme d'Église, attaché à rationaliser le christianisme, comme tâchera de le faire, trois siècles plus tard, un Teilhard de Chardin. Quant au rêve initial d'une « République des Lettres », un *globus intellectualis,* qui veillerait au triomphe universel de la raison, il n'emporte au XVIIᵉ aucune exclusion de la foi. Voltaire lui-même, qui inventa pourtant l'exclamation anticléricale « écrasons l'infâme ! », écrira dans son *Dictionnaire philosophique* : « La morale vient de Dieu, comme la lumière. »

En Angleterre, où prolifèrent les Églises concurrentes, l'anticléricalisme est absolument étranger au projet de l'*enlightment* qui se développe à l'intérieur même de l'ordre politique et religieux. L'anticléricalisme n'est pas une passion britannique[1]. Le petit peuple anglais échappe au contrôle de l'Église anglicane et témoigne au contraire d'un regain de ferveur chrétienne à la faveur des Lumières. En Allemagne, loin d'être dirigé contre la foi, l'*Aufklärung* coïncide avec le grand réveil religieux du piétisme. Quant au texte fondateur d'Emmanuel Kant – *Was ist Aufklärung ?* –, c'est peu dire qu'il soit fortement teinté de christianisme. Au total, le XVIIᵉ siècle voit une théologie nouvelle rem-

---

1. La remarque est de Georges Gusdorf, *Encyclopaedia Universalis*, article « Lumières ».

placer une tradition théologique en pleine décadence. Mais il n'est pas antireligieux. Il n'est même pas irréligieux. Au demeurant, l'idée même de Lumières est d'origine juive et chrétienne, et la devise de l'époque – *post tenebras lux* – est celle de la Réforme. Pour certains philosophes d'aujourd'hui, la continuité entre le judéo-christianisme et les Lumières ne fait pas de doute. A l'époque, c'est au sud de l'Europe seulement que le *Siglo de las luces* (espagnol) ou l'*Illusminismo* (italien) se heurte à des traditions populaires figées, soutenues par un clergé conservateur.

Aujourd'hui, la laïcité bien comprise – invention française et fruit d'un douloureux combat – est le seul accommodement raisonnable entre le religieux et le politique, la seule manière de tenir à distance toute tentation cléricale ou théocratique en garantissant à chacun la liberté de croire. L'athéisme combattant et dénonciateur, en revanche, est une fausse vertu démocratique, l'image inversée du sectarisme bigot. Comme l'est le rationalisme dès lors qu'il s'érige en dogme ou en préjugé.

Les réflexions scientifiques *et* religieuses d'un chercheur comme Henri Atlan, juif pratiquant qui juge aujourd'hui indéfendables les thèses réductionnistes, sont plus proches de la volonté d'élucidation tolérante des Lumières que le néo-scientisme d'un Jean-Pierre Changeux, inventeur de « l'homme neuronal[1] ». La foi

---

1. Jean-Pierre Changeux, *L'Homme neuronal,* Hachette-Pluriel, 1984. Dans un ouvrage ultérieur, Changeux vendra en quelque sorte la mèche et

subversive du sociologue protestant Jacques Ellul, l'optimisme anthropologique du philosophe René Girard qui entend montrer la pertinence du christianisme au regard de la pensée moderne, la modestie épistémologique du physicien Bernard d'Espagnat sont plus fidèles à « l'héritage » que les certitudes sentencieuses des perroquets de l'antichristianisme contemporain [1].

On ne déduira pas de ces remarques qu'il faille trouver la plus petite excuse au cléricalisme, ni réserver ne serait-ce qu'un milliardième de compréhension au fanatisme du sacré. L'anticléricalisme, autre spécialité française incarnée par Voltaire, fut d'ailleurs une contre-culture précieuse lorsque l'Église, influente et puissante, demeurait soudée à la contre-révolution, rétive à la République et asservie aux riches. Ni Léon Bloy, ni Georges Bernanos, Marc Sangnier, Jacques Ellul, auteur de *La Subversion du christianisme,* ou Henri Guillemin n'hésitèrent à fustiger les bigots, les inquisiteurs et les mauvais prêtres. Quoique chrétiens, ils furent, à leur manière, des « anticléricaux » providentiels. De même que furent autant de respirations nécessaires les révoltes

---

caricaturera encore son réductionnisme en prétendant expliquer la création artistique par une intervention du « cortex néo-frontal » (*Raison et Plaisir,* Odile Jacob, 1994).

1. Un auteur juif comme Schmuel Trigano ne manque pas d'ailleurs de retourner contre la modernité ses propres remontrances. « La modernité, écrit-il, est un rêve d'apparition totale, d'accomplissement, d'apothéose, d'exposition, le rêve de dévoiler le caché dans sa totalité ! Elle est par définition "apocalyptique". En ce sens, la modernité s'apparente à une religion dévoyée, qui aurait réinvesti dans l'immanence la transcendance infinie de Dieu. C'est ainsi que je m'explique les grandes catastrophes qui ont jalonné son histoire… » (Entretien publié par la revue *Études,* octobre 1994.)

contre le pouvoir des soutanes lorsque – comme au Québec avant 1960, dans l'Espagne franquiste ou le Portugal de Salazar – celui-ci pesait sur la nation. La France contemporaine est l'héritière de deux grandes traditions, de deux « mémoires » articulées l'une à l'autre : celle de la « France, fille aînée de l'Église » et celle de l'épopée révolutionnaire. Deux mémoires dont l'historien René Rémond souligne qu'elles sont *également* constitutives du sentiment national[1].

Dans une modernité laïcisée, en revanche, face à des institutions religieuses réduites à rien, dans le tintamarre d'une culture dominante agressivement matérialiste, là où les séminaires sont vides, les églises à l'abandon et le nihilisme triomphant, l'anticléricalisme n'est plus une protestation nécessaire, c'est une étrange passion ; aussi énigmatique que peut l'être, dans certains pays, l'antisémitisme sans juifs. C'est cette passion, celle que la modernité transporte avec elle jusque dans d'autres cultures – musulmane ou confucéenne, juive ou hindoue – qu'il faut interroger.

Le « quinquennat sans Dieu »

Quiconque s'aventure à Moscou ou Vladivostok, à Berlin-Est ou Varsovie, à Tirana ou Prague a du mal à convaincre ses interlocuteurs que le monde est menacé

---

[1]. Dans son chapitre de la série *Les Lieux de mémoires,* III : *Les Frances,* vol. 3 : *De l'archive à l'emblème,* Gallimard, 1992. A noter que René Rémond observe avec raison que le véritable danger qui guette la culture française, c'est la perte simultanée de ces deux mémoires.

par un « retour du religieux ». Quelles que soient les folies de l'intégrisme maghrébin, l'inquiétante raideur des évêques bosniaques ou des patriarches serbes, le visiteur échoue à démontrer à ses interlocuteurs de rencontre la toute-puissance émancipatrice et démocratique de la raison dressée contre les « superstitions ». Pour ces hommes et ces femmes, en effet, le matérialisme jubilatoire évoque plutôt les polices politiques, les persécutions et les camps sibériens. Les Russes, par exemple, se souviennent très bien de Kalinine, président de l'URSS, qui lança en 1930, au son des trompes de la propagande, le fameux projet de « quinquennat sans Dieu ». Au nom de la raison triomphante, il s'agissait d'en finir, dans un délai de cinq ans, avec Dieu et la religion, de sorte que pût éclore « l'avenir radieux ». On entreprit de brûler les icônes, de détruire ou désaffecter les églises, de terroriser prêtres, moines et couventines. Les Russes se souviennent parfaitement, comme Soljenitsyne, des convois de chrétiens en partance pour les camps et des popes rebelles grelottant dans leurs guenilles de zeks.

A Tirana, on n'a pas oublié non plus cet athéisme en état d'hallucination dogmatique qui fermait les églises et les mosquées, punissait pénalement toute manifestation de foi et jetait en prison les croyants. A Berlin-Est, on garde en mémoire que les églises protestantes furent des refuges contre la tyrannie, et les pasteurs de Leipzig ou de Dresde les organisateurs privilégiés des « manifs » en 1989. A Varsovie ou Gdansk, on vous dira pareillement que l'intolérance spécifique dont on se souvient, avec ses flics et ses mouchards, n'était pas spécialement portée vers la religion. A Pékin, on vous racontera quelle tournure prirent, sous Mao, les persécutions antireligieuses et – durant la révolution culturelle – l'éradication planifiée du confucianisme. Tous ces gens, en un mot, gardent en tête plus spontanément que nous cette grande leçon du siècle : on y aura plus souvent tué au nom de la raison scientifique, du matérialisme conquérant, que de la spiritualité religieuse. C'est un fait. Les deux grands totalitarismes auront eu en commun, quoi qu'on en dise, leur haine du religieux et leur volonté d'imposer par la contrainte les vertus supposées de l'agnosticisme.

Dans le monde arabe, les intellectuels les plus hostiles à l'intégrisme, les plus résolument mobilisés contre les « fous de Dieu », vous font observer ceci : au cours des vingt dernières années, les deux États du Proche-Orient où la pesanteur des polices, la violence des répressions, la proportion d'assassinats furent les pires sont l'Irak et la Syrie. Deux régimes baasistes qui se voulaient résolument laïcs, pour ne pas dire antireligieux. Quant au rêve moderniste, laïc et californien du shah d'Iran, fracassé en 1979 par le réveil des mosquées, qui pourrait dire qu'il fut moins policier que l'actuelle république islamique des mollahs ?

L'un des meilleurs spécialistes français de l'islam, Olivier Roy, s'étonne que cette évidence ne soit pas mieux prise en compte. « Combien de révolutions ont été puritaines, voire profondément religieuses, de Cromwell à Robespierre, combien de modernisations industrielles se sont faites sous la dictature – de Napoléon III à Mussolini –, combien de dictatures ont été laïques et antireligieuses, du Mexique à l'URSS[1] ? »

Au chapitre de cette remise en perspective du « danger religieux », on ajoutera quelques mots concernant la France. Dans le désarroi politique, dans ce deuil des idées et ces ricanements de la corruption, rôdent en effet quelques alternatives redoutables. La plus évidente est sans doute celle du Front national qui fonde son discours sur le rejet de l'autre, la diabolisation de l'étranger. Or l'idéologie du Front national est un patchwork dans lequel l'élément dur trouve ses références dans le néo-paganisme plus que dans le catholicisme, fût-il intégriste. Jean-Marie Le Pen a beau s'approprier Jeanne d'Arc, afficher un pieux respect du curé et circonvenir quelques chrétiens, l'essence de son discours est à l'opposé du christianisme. Dans la mouvance du Front national, d'ailleurs, les militants les plus influents flirtent avec le druidisme d'un Jean Mabire ou le paganisme agressif du parti nationaliste français qui célèbre la symbolique celte ou la cérémonie du solstice, plus proche de *L'Antéchrist* de Nietzsche que de Monseigneur Lefebvre[2].

Au demeurant, la cartographie électorale française montre que les régions où l'influence catholique demeure forte sont aussi celles qui ont le mieux résisté

---

1. *Esprit*, août-septembre 1992.
2. Pierre Vidal et Jean Mabire sont les auteurs d'un ouvrage qui passe pour un « livre culte » dans ces milieux : *Les Solstices, histoire et actualité*, Éd. du Flambeau, 1991.

à la poussée du Front national dans les années 80[1]. L'obstacle principal rencontré par Jean-Marie Le Pen fut moins le discours dénonciateur de la gauche laïque qu'une certaine survivance, discrète mais irréductible, de la culture chrétienne. On comprend l'agacement très particulier que trahit le chef du FN dès lors qu'un prélat – ce fut le cas de Monseigneur Decourtray – hausse le ton à son endroit.

En revanche, la sensibilité antireligieuse et antichrétienne, le culte des forts et des gagnants, le cynisme matérialiste qui habitent ce qu'on appelle la « culture du flux » ou le « parti unique médiatique » conviennent assez bien à ces nouveaux adeptes de Nietzsche qui vont clamant partout : « Le religieux conduit à l'émasculation. [...] Tout est acceptable qui procure la jouissance, tout est condamnable qui génère la souffrance[2]. » C'est l'un des plus singuliers paradoxes de l'étourderie contemporaine. On se demande parfois si la parole « branchée » se rend très bien compte – dans le fond – des idées « libérées » qu'elle manipule sans précaution.

Le « mal d'Occident »

Au sujet de l'islam, on doit faire un sort également à cette interprétation qui fait du retour au religieux, au-dehors, l'apanage d'un petit peuple sans culture ni repères, investissant dans une foi naïve son désarroi et

---

1. Une règle bien mise en évidence par Emmanuel Todd, *La Nouvelle France,* Le Seuil, 1988, et *L'Invention de l'Europe,* Le Seuil, 1990.
2. Michel Onfray, *La Sculpture de soi,* Grasset, 1993.

sa déréliction, qui n'y voit qu'une nouvelle oppression de la femme, imposée par la terreur et symbolisée par l'obligation du voile. C'est la version des choses quotidiennement martelée et souvent reprise à leur compte par les commentateurs non spécialisés. Il est vrai que le spectacle quotidien des frustes assassins d'Alger ou d'Oran, du petit peuple vociférant dans les rues d'Amman ou des illuminés de Dacca réclamant la perdaison d'une féministe conduit à penser qu'il en va ainsi. Tant de bêtise meurtrière, tant de défilés haineux, tant de tracts vengeurs suggèrent des analyses sans nuances. Obscurantisme, en effet, qui invite non seulement à l'intransigeance mais au combat résolu.

Mais est-ce à dire que tout se ramène à cela ? Si c'était le cas, le problème se réduirait en effet à une simple affaire de police et de contre-terrorisme. La réalité n'est pas aussi simple. Le terrorisme frénétique des « fous de Dieu » empêche d'apercevoir un mouvement culturel, hétérogène, divers, diffus et d'une tout autre ampleur. Derrière la gesticulation meurtrière des fondamentalistes lanceurs de grenades, une réislamisation multiforme est bel et bien en œuvre qui se fonde sur un refus du « clonage » à l'occidentale et un rejet non point de la modernité en tant que telle mais de ses arrogances. Ce réexamen critique du modèle européoaméricain – le plus souvent pacifique – n'est pas conduit par des masses analphabètes ou des potentats sans culture. Il est *aussi* le fait d'intellectuels convenablement intégrés, formés dans les campus d'Europe ou des États-Unis et plus réfléchis qu'on ne l'imagine.

Dans la Turquie moderne, le « Parti de la mère patrie » (ANAP) compte une forte proportion d'ingénieurs, souvent rentrés d'une longue immigration en Allemagne. Certaines des publications islamistes sont d'un excellent niveau. On y débat – comme en Iran – de Karl Popper ou de Heidegger. On y subodore l'émergence possible d'une « autre » modernité. Mieux encore, les jeunes femmes diplômées constituent parfois le noyau dur du mouvement islamiste. Elles choisissent ordinairement de se voiler, non point sous la menace mais *contre* l'avis de leur propre famille. Une intellectuelle d'Istanbul, Nilüfer Göle, croit même pouvoir annoncer l'apparition dans son pays d'une sorte de « féminisme islamique » qui défend pied à pied les droits de la femme, mais en se plaçant résolument à l'intérieur de l'islam[1]. En réalité, c'est le kémalisme dans son ensemble, c'est-à-dire la modernisation, imposée d'en haut, et autoritairement, à partir des années 20 par Kemal Atatürk, qui se trouve sourdement contesté à Istanbul. L'effilochage progressif du kémalisme en Turquie – le pays le plus moderne du Proche-Orient – n'est plus inimaginable aujourd'hui.

Cette participation des intellectuels diplômés et urbanisés au retour à l'islam se retrouve ailleurs au Proche-Orient. Curieusement, elle s'inscrit parfois en continuité avec les mouvements anticolonialistes ou anti-impérialistes d'avant-hier. « Tel qui était nassérien

---

1. Nilüfer Göle, *Musulmanes et Modernes : voile et civilisation en Turquie*, traduit du turc par Jeanine Riegel, La Découverte, 1993.

ou marxiste dans les années 70 est aujourd'hui islamiste » (Olivier Roy). On cite le cas d'Ali Shariati, idéologue du chi'isme, mort en 1977, qui passait pour un lecteur et admirateur de Frantz Fanon. Le plus souvent, les débats, les stratégies et les démarches factuelles de ces militants de l'islam rappellent ceux de l'extrême gauche européenne. L'ingénieur islamiste qui se « réinvestit dans le social » évoque l'intellectuel maoïste qui choisissait de « s'établir » en usine. Quant au *hijrat* (le refus) qui conduit de jeunes bourgeois du Caire, en rupture avec la « société impie », à s'exiler dans des cavernes d'Égypte, il n'est pas sans rapport avec le mouvement néo-rural des années 70 en France. L'intellectuel beyrouthin Samir Frangié confirme cette continuité lorsqu'il remarque : « Entre un mouvement révolutionnaire des années 70 et le Hezbollah des années 90, il n'y a pas de différences essentielles, sauf au niveau de la langue. »

Il n'empêche qu'au fond des choses le rapport culturel avec l'Occident a changé. Lorsqu'ils dénoncent ce que le philosophe islamiste Ahmad Fardid appelle le *qarbzadagi* (le « mal d'Occident »), les nouveaux militants se démarquent résolument des générations précédentes occidentalisées[1]. Les intellectuels engagés

---

1. « Un islamiste comme Ahmad Fardid reproche aux philosophies occidentales d'avoir perdu la notion du Dieu transcendant et d'avoir divinisé le "moi-commandant" *(nafs-e ammara)* sous le nom de *Théos (Deus, Dieu).* Depuis la Renaissance, ce "moi-commandant" a renversé toutes les valeurs sous la forme des droits de l'homme, de la foi dans le progrès et la raison. Pour remettre l'homme à sa place, Fardid propose de laisser errer vers son autodestruction cet individu transformé en idole par son orgueil

dans les luttes anticoloniales, en effet, ne faisaient jamais que retourner contre le colonisateur les valeurs – occidentales – que celui-ci leur avait apprises. Parvenus au pouvoir, à la tête des jeunes États indépendants, ils y ont instauré des formes de gouvernement et de développement, ils y ont usé d'une rhétorique participant de ce qu'on appelle désormais la « culture traduite » ou « culture importée ». Dans le même temps, ils détournaient à leur profit – par le biais de la corruption, des prébendes, des privilèges de nomenklatura – les bénéfices du développement. (Pour ce qui concerne l'Algérie, il s'agissait de la rente pétrolière.) Les islamistes jugent qu'il s'agissait là d'une colonisation continuée, d'une acceptation de la « réalité invisible de l'Occident[1] ».

Ce surinvestissement des intellectuels dans le religieux n'est pas propre au Proche-Orient. Il se retrouve jusque dans l'islam asiatique. En Malaisie, par exemple, une formation clandestine comme le *Jema'ah Islam Malaysia (JIM)* est d'abord apparue sur les campus britanniques et américains. Elle rassemble surtout

---

et de retourner au "Dieu d'avant-hier et d'après-demain, le Dieu de personne et de tout le monde". L'évolution naturelle de cette perversion est, selon Fardid, l'anthropomorphisme de l'homme moderne occidental, l'adoration du moi, une philosophie de l'autofondement *(khod-bonyadi)* » (Yann Richard, dir., *Intellectuels et Militants de l'islam contemporain*, Le Seuil, 1990).

1. L'expression est du philosophe fondamentaliste iranien Reza Davari, qui l'explicite en ces termes : « Comme les dirigeants occidentalisés *(gharbzada)* des pays d'Asie et d'Afrique après qu'ils eurent un temps combattu pour l'indépendance : ils composent rapidement avec le néocolonialisme, car ils étaient déjà affectés par la réalité invisible de l'Occident. »

des érudits et des membres des professions libérales. Enquêtant dans ce petit pays relativement prospère de dix-huit millions d'habitants, un journaliste de Hong Kong notait : « Après s'être convertis à l'islam radical aux États-Unis, en Grande-Bretagne ou en Égypte, les étudiants malaisiens propagent la bonne parole dans les classes moyennes et rallient à leur cause des hommes politiques en difficulté. Le mouvement messianique soufi Darul Arqam, en particulier, exerce une influence croissante[1]. » De fait, le nombre des fidèles chi'ites a été multiplié par quatre à Kuala Lumpur depuis 1990.

La nouvelle sauvagerie

Ce regain multiforme de l'islam participe évidemment de la rétractation beaucoup plus générale des peuples vers la différence qui est le revers de la mondialisation. Il est significatif que la presse russe d'aujourd'hui, lorsqu'elle se penche sur la situation qui prévaut dans les ex-républiques d'URSS, use instinctivement des mêmes images, emploie les mêmes formules que la presse occidentale. Pour preuve, ce reportage consacré à l'Ouzbékistan et publié en juin 1994 par le journal russe *Sevodnia* :

« Depuis l'indépendance, en 1991, l'engouement pour l'islam traditionnel s'explique par la nostalgie du

---

[1]. Reportage de Michael Vatikiokis, publié dans la *Far Eastern Economic Review* de Hong Kong, en mai 1994, et traduit en français par l'hebdomadaire *Courrier international*.

peuple pour ses coutumes et sa culture perdues. En trois ans, l'Institut islamique de Tachkent a multiplié par six le nombre de ses étudiants, et un institut analogue a ouvert ses portes à Samarcande. Plus de trente établissements d'enseignement secondaire religieux se sont créés. La direction spirituelle des musulmans d'Asie centrale (Sadoum) a ouvert une école secondaire pour jeunes filles et une université féminine. Des écoles officielles et non officielles d'étude de l'islam se sont multipliées. La littérature religieuse a envahi les étalages. »

Cette volonté de réinventer des traditions perdues, cette entreprise de « refabrication du sacré » sont évidemment grosses de tentations totalitaires. Voilà des années que des auteurs comme le philosophe iranien Daryush Shayegan[1] dénoncent ce que lui appelle « l'idéologisation de l'islam ». Parmi les intellectuels musulmans le débat est vif au sujet de cette convocation abusive et manipulatoire de la tradition islamique. En gros, on reproche aux fondamentalistes – qui prétendent à un accès direct aux textes sacrés – de rejeter certaines interprétations éclairées comme celles d'Averroès (mort en 1198) qui définissait déjà la notion de « double vérité ». Ou encore de reléguer dans l'ombre la pensée du grand Ibn Khaldoun (1332-1406) au profit du traditionaliste syrien du XIIIe siècle, Ibn Taymiyya, dont la popularité ne cesse de croître dans les milieux radicaux. (C'est de ce dernier que se

---

1. Daryush Shayegan est l'auteur d'un livre devenu un classique : *Qu'est-ce qu'une révolution religieuse ?*, rééd. Albin Michel, 1991. Dernier ouvrage paru : *Les Illusions de l'identité,* Éd. du Félin, 1992.

réclamaient, par exemple, les assassins du président égyptien Anouar al-Sadate le 6 octobre 1981.) On voit là une volonté d'en revenir à un « en deçà » de la pensée islamique, l'équivalent, en somme, d'une trahison des Lumières transposée à l'islam. Surtout pour ce qui concerne la question capitale des rapports entre le religieux et le politique[1].

Image terrible, en vérité, que cette insurrection appuyée sur une interprétation erronée de l'islam, contre un Occident qui trahit lui-même ses valeurs fondatrices. Deux mensonges planétairement affrontés ? L'image est-elle forcée ? Ce n'est pas si sûr. Les intellectuels arabes ou persans les plus hostiles au fondamentalisme et les plus attachés à la démocratie ne manquent jamais d'exprimer leur effroi devant les simplifications abusives, les diabolisations superficielles, en un mot devant l'autosatisfaction satisfaite qui habite la modernité occidentale. Le même Daryush Shayegan, si résolument rebelle à la « religion idéologisée », dénonce d'une même voix le « réductionnisme menaçant » de cette modernité caricaturale et l'« appauvrissement dont elle souffre ». Une modernité dont

---

1. C'est ce que dénonce par exemple l'écrivain tunisien Abdelwahab Meddeb, spécialiste du soufisme, lorsqu'il écrit : « La consubstantialité entre le théologique et le politique est une invention de théologiens. Elle n'est pas inscrite dans l'essentiel même de l'islam. C'est l'interprétation de Ibn Taymiyya » (*Esprit*, juin 1991). Dans d'autres textes, Meddeb conteste l'interprétation pudibonde de l'islam. Il rappelle que la première décision des autorités de Cordoue, après la *Reconquista* chrétienne, fut de fermer les sept cents hammams que comptait la ville et qui étaient considérés par les chrétiens comme des lieux de stupre et de turpitude.

l'orgueil implique une fâcheuse amnésie culturelle. Toute l'œuvre d'un Henri Corbin, spécialiste de la philosophie iranienne et du chi'isme, montre à quel point nous avons, au sens strict du terme, *désappris* à lire les textes religieux que nous abandonnons, dès lors, aux manipulateurs et aux intégristes. Autrement dit, la difficulté qu'éprouve l'Occident à prendre la vraie mesure d'un tel retournement de l'Histoire n'est pas seulement le fruit de l'inattention ou du dédain. Elle est *aussi* le produit d'une époque autiste et désabusée.

Ce n'est pas tout.

Si caricature de l'Occident il y a, si un malentendu s'aggrave entre la modernité et le reste du monde, l'image d'elle-même que celle-ci projette au-dehors n'est pas seule en cause. Pas seulement l'image, non... Plus désespérant encore, il y a la nature exacte de cette fameuse « copie » de la modernité qui prolifère sous d'autres latitudes. Une « copie pirate », pourrait-on dire, qui s'est substituée, localement, aux sociétés traditionnelles dont tous les équilibres ont été rompus et la cohérence dévastée. S'agit-il vraiment d'un espoir moderne et démocratique ? On juge souvent que, chez nous, la société occidentale est ramenée à l'état de jungle, précipitée dans la désespérance, l'injustice ou la corruption. « Délabrée », dit Castoriadis. Mais réalise-t-on vraiment dans quel état se trouvent les sociétés du Sud qui prétendaient n'être qu'un décalque de celle-ci ? Sait-on que, si la même injustice, la même corruption, le même délabrement s'y retrouvent, c'est, en quelque sorte, « au carré » ? Lorsqu'on disserte avantageusement sur l'avenir démocratique et consumériste du Proche-Orient, de l'Afrique ou de l'Amérique latine, garde-t-on à l'esprit la situation *réelle* de ces continents ? Non point celle qu'on évalue, à la calculette, dans les bureaux new-yorkais de la Banque mondiale ou du Fonds monétaire international, mais la situation *pour de vrai*. Celle qui s'apprécie dans la poussière des villes…

La dévastation de l'Algérie qu'on paraît découvrir aujourd'hui, le concassage d'un pays par un gang de bureaucrates et de planificateurs délirants, cette rétrogradation d'une société tout entière au stade du bidonville proliférant sur des provinces mortes, ces foules de *hittistes* (exclus) en quête de pain et d'avenir… tout cela n'est jamais que le cas limite d'un modèle reconnaissable un peu partout ailleurs. Voyez le Soudan ou l'Égypte ; découvrez les banlieues d'Istanbul livrées à la folie spéculative et aux immigrés hagards d'Anatolie ; entendez à Damas la plainte du petit peuple en voie d'appauvrissement dans un État bananier que se partagent les mafias familiales et que surveillent les *moukhabarats* du régime alaouite à la détente facile ; regardez mieux le nouveau Beyrouth, abandonné à l'argent et aux trafics des clans ; traversez de part en part le désastre africain. Faut-il vraiment s'attarder longtemps entre Kigali et Ouagadougou ou Lagos pour se faire une opinion ?

« Personne n'a vraiment idée, chez vous, de l'état de sauvagerie absolue dans lequel nous vivons désormais », murmurait à l'automne 1994, devant l'auteur de ce livre, l'écrivain libanais Elias Khoury. Tout débat académique sur la mondialisation et le triomphe de l'universel devrait faire intervenir un témoin à charge. Un simple voyageur moins soucieux de théorie que d'expérience. Le fait est que la plupart des pays du Sud, une fois dissipées les illusions du progressisme africain ou du socialisme arabe, sont devenus des clones de l'Occident, mais dans ce qu'il a de pire. Un sociologue d'origine syrienne, Burhan Ghalium, enseignant à l'université de Paris III, formulait une simple remarque que cent autres pourraient reprendre à leur compte : « Le développement de l'islamisme pose en fait cette simple question : quel projet les sept pays les plus riches du monde proposent-ils pour que l'ensemble de l'humanité, dont le tiers monde représente les trois quarts, reprenne espoir ? Il n'y a pas de réponse. »

Un projet décapité

La question n'est pas seulement – comme le répètent les discours officiels – une affaire de prospérité ou de niveau de vie. Ce mal-être n'est pas arithmétiquement guérissable par le seul recours à l'économisme, aux subventions, au développement diligenté du sommet. Il n'invite pas non plus à la vieille rhétorique de la culpabilité occidentale des années 70. L'échec des gouvernements du Sud, leurs pillages, leurs gabegies leur sont entièrement imputables. L'antienne du néo-colonialisme conspirateur ne signifie plus grand-chose. En revanche, c'est bien le modèle qui se trouve incriminé, un modèle abâtardi, dénaturé, devenu fou en s'expatriant.

La modernité telle qu'elle s'incarne à Damas ou Adana, à Beyrouth ou Abidjan, c'est le plaquage d'une micro-oligarchie gloutonne sur des sociétés reléguées. Une mince pellicule de cosmopolitisme *jet set* recouvrant des jungles sans merci. Si l'idéologie de l'argent et la panne de sens dénaturent dangereusement, chez nous, l'héritage des Lumières, comment définir, alors, ce que le même héritage est devenu au-dehors ? Un projet prométhéen, mais décapité. Un mouvement mécanique continuant sur sa lancée, sans cohérence ni inspiration véritables. Un pur *déracinement* dépourvu d'intentions claires et d'espérance.

Il faut avoir un peu rôdé dans ces « non-lieux » exotiques, approché ces aristocraties dérisoires de la Mercedes, du sac Vuitton et du radio-téléphone, ces basiliques climatisées que sont les *duty free shop* où se croisent les élites du Sud, chargées de *computers* détaxés, ces colloques d'élégants à la cervelle éteinte, pour comprendre un peu mieux ce que désignent les religieux lorsqu'ils parlent d'« Occident invisible » ou de « culture traduite ». La détresse des *mostazafin* ou *moustadhafounes* (miséreux) de Téhéran, celle des *hittistes* algériens, des déshérités chi'ites du Sud-Liban ou du Nordeste brésilien, n'est pas seulement socio-économique, comme on dit. Elle exprime une stupeur, suggère l'idée d'une lobotomie sans remède. Sur place, à coup sûr, les références à la démocratie universelle n'ont pas la portée qu'on imagine.

Là-bas, la désintégration de l'astre noir du communisme a produit, de proche en proche, des effets qui ont peu à voir avec un quelconque triomphe du génie de la liberté. L'engloutissement de l'imposture marxiste, la pathétique banqueroute de l'illusion castriste, du baasisme arabe ou du prétendu socialisme abyssin ont entraîné *du même coup* le naufrage d'une espérance. C'est peu dire que les riches n'y ont plus d'adversaires. Les pauvres y ont littéralement disparu du vocabulaire. La pauvreté n'y est pas seulement délégitimée, comme chez nous, elle y est frappée de malédiction, culturellement expulsée. Dans ce qu'on appelle « l'investissement social » des mouvements religieux, il entre sûrement beaucoup de calcul et de démagogie. Il n'empêche qu'on devrait s'interroger davantage sur cette réalité qui assaille le visiteur un peu curieux. Ces partis-là, avec leurs réseaux associatifs, leurs *wakfd* (fondations) et leurs militants, *sont désormais les seuls* à prendre en charge les laissés-pour-compte. C'est-à-dire l'écrasante majorité…

Lorsque les experts de la Banque mondiale ou les censeurs tatillons du FMI distribuent leurs bonnes ou mauvaises notes aux gouvernements du Sud, pensent-ils à prendre en compte ce type de paramètres ? On sait bien que non. Et quand les observateurs occidentaux se déclarent éblouis par les performances à deux chiffres de l'économie chinoise, ils n'entendent guère les mises en garde plus circonspectes des vrais connaisseurs de l'extrême Asie. Ceux-là se disent effrayés à moyen terme par l'augmentation vertigineuse des inégalités chinoises, cette distorsion sans précédent entre les citadins assoiffés d'argent et la masse énorme du peuple chinois[1].

Faut-il, enfin, évoquer ici le visage que le décalque grossier du libéralisme occidental a pris dans la Russie d'aujourd'hui, sans État ni repères ? Ces six cent mille enfants délinquants que compte désormais le pays, cet enfer des gares moscovites, carrefours de tous les trafics et désespoirs, ces ingénieurs désertant leurs postes sous-payés pour sacrifier au marché noir des jeans *made in Corée*, ces lycéennes déboussolées qui déclarent – majoritairement – vouloir devenir prostituées, ces mafieux en jogging qui, revolver sous le bras, rackettent à visage découvert ; ces cent mille sans-abri que compte désormais Moscou, cette société disloquée d'où monte une immense demande d'ordre, de sécurité, de restauration et que sauvent encore, comme le soulignait Alexandre Adler, les reliquats d'une très ancienne compassion chrétienne[2].

Quant à la « culture traduite », censée propager au sud du monde le message universaliste des Lumières, on aimerait qu'elle prenne les voix de Voltaire ou de Flaubert, de Rousseau, de Montesquieu, de Shakespeare ou d'Adam Smith, de Montaigne ou de Mozart. Dans les parcs de Hanoi, au bord des lacs paisibles de la capitale vietnamienne, on rencontre encore, c'est vrai, quelques

---

1. Je pense à des spécialistes reconnus comme Jean-Luc Domenach ou Robert Guillain qui n'excluent pas de voir naître dans l'avenir, à la faveur de ces incroyables disparités, une autre forme, spécifiquement chinoise, de communisme révolutionnaire.

2. Alexandre Adler, entretien sur France-Culture, 28 mai 1994.

vieux messieurs, anciens *bo doï* de l'armée communiste ou employés de l'administration à la retraite, qui vous chuchotent rêveusement des vers de Victor Hugo. Ils sont les survivants d'une autre sorte d'acculturation, d'un autre rayonnement de l'Occident. La seule culture occidentale qui beugle aujourd'hui dans les villes du Sud, dans les vidéo-bars de Saigon ou les *bounabets* (cafés) d'Addis-Abeba, c'est celle de *Rambo III*, des séries B américaines, des *Roues de la fortune* ou des niaiseries vendeuses du multimédia. Quant à l'intelligibilité démocratique du monde, rendue possible par la mondialisation de l'information, elle est devenue, comme on le sait, un monopole de *CNN*, chaîne planétaire haletante et caricaturale. Caricaturale ? N'allons pas mobiliser contre elle des critiques « gauchistes » ou bêtement antiaméricaines. Écoutons plutôt ses propres responsables. Le créateur et patron de cette chaîne, Ted Turner, confessa un jour dans un accès de sincérité : « Les programmateurs de TV sont des meurtriers. Tous, moi y compris [1]. » Songeait-il, disant cela, aux jeunes téléspectateurs d'Ankara ou du Caire à qui le « message humaniste » de l'Amérique, ainsi transmis par satellite, est censé fournir les moyens intellectuels et moraux de résister à l'obscurantisme religieux ?

Rappeler tout cela, encore une fois, ne signifie pas que l'on consente la moindre indulgence aux fanatismes, religieux ou pas. Cela ne participe pas non plus d'un tiers-mondisme rétro et pleurnichard. L'époque

---

1. Propos tenus lors d'une conférence à Beverly Hills, août 1993.

est révolue où la mauvaise conscience coloniale permettait à certains de trouver des excuses aux égalitaristes fous du Kampuchéa démocratique ou aux gardes rouges de Shanghai. On veut tout simplement dire ceci : la modernité occidentale *d'aujourd'hui,* contre laquelle se dressent les mouvements religieux, devant qui se rétractent les peuples d'Orient ou d'Asie, n'est pas celle qu'on fait semblant d'imaginer. Ce n'est pas celle des droits de l'homme et du contrat social. C'est beaucoup moins que cela et bien pire : un simple slogan – malheur aux faibles ! – qui va son chemin...

Oublier cette nuance, c'est renoncer à un souci dont les Lumières, semble-t-il, faisaient grand cas : celui de comprendre. « Qui veut tout comprendre finira par mourir de colère », assure un proverbe arabe[1]. Voilà un risque que nous avons renoncé à courir...

A haute et claire voix

Le pape Jean-Paul II, comme on le sait, n'a pas bonne presse. Ses raideurs doctrinales, son intransigeance sur le chapitre de la contraception ou de l'avortement lui valent d'être rituellement démasqué par la « culture du flux ». Elle repère chez lui une sorte de fondamentaliste romain préconciliaire, imperméable au grand message émancipateur de la modernité, guerrier anachronique d'une *Reconquista* chrétienne qui

---

1. Cité par Véronique Nahum Grappe, auteur de *La Culture de l'ivresse,* Quai Voltaire, 1991.

ramènerait l'Europe au temps de la Contre-Réforme. A plusieurs reprises, d'ailleurs – notamment à l'occasion de la conférence du Caire sur la population mondiale, en septembre 1994 –, on crut déceler une « sainte alliance » réunissant les trois religions du Livre (christianisme, judaïsme, islam) autour d'un projet moralisateur, explicitement réactionnaire.

On est plus embarrassé, en revanche, lorsque le même pape s'exprime sur l'inégalitarisme désormais sans frein à l'échelle du monde, sur l'ivresse ravageuse du capitalisme international et la perversion absolue de l'héritage européo-américain que constitue cet économisme triomphant. En novembre 1993, dans une interview publiée par la *Stampa*, il fit un pas de plus, laissant sans voix la plupart des commentateurs. Lui, dont le moins qu'on puisse dire est qu'il fut pour quelque chose dans la défaite du communisme[1], lui qui n'est pas si mal placé pour savoir de quoi il s'agit lorsqu'on parle de totalitarisme, articula ceci : tout n'était pas intrinsèquement mauvais dans le marxisme. Rappelant les intuitions de Léon XIII[2], il ajouta que le projet communiste, confisqué par les bureaucrates et

---

1. Pure coïncidence de date : dans une tribune publiée le même mois (4 novembre 1993) dans *Libération*, Adam Michnik rappelait que c'est à partir de l'élection de Jean-Paul II, le 16 octobre 1978, que s'est mis en marche le processus de résistance, puis de révolte qui, de proche en proche, devait aboutir à l'émergence de *Solidarnosc* en Pologne, puis à la perestroïka russe et à la chute du mur de Berlin.

2. En 1879, dans l'encyclique *Aeterni Patris,* le pape Léon XIII opposait déjà la philosophie politique et morale de Thomas d'Aquin au libéralisme laïc.

les tyrans, contenait de « bonnes graines » et qu'on ne devait pas l'oublier. « Les graves problèmes qui tourmentent actuellement l'Europe et le monde, répéta-t-il encore, trouvent en partie leur origine dans des manifestations dégénérées du capitalisme. »

Disant cela, il s'en prenait explicitement aux excès de l'ultra-libéralisme, à l'injustice dramatique de l'ordre international, à la confiscation de l'Évangile par les riches. Pour un « pape réactionnaire », ce n'était pas si mal. A côté des commentaires vaguement embarrassés qui saluèrent ces gros mots, quelques voix s'élevèrent pour saluer une telle audace historique. Notamment celle de l'éditorialiste de *France-Inter*, Bernard Guetta, qui fit observer qu'aucun dirigeant politique occidental n'aurait eu le courage de dire aussi nettement ce que tout le monde, dans le fond, sait. « Venu d'une terre qui n'a rien à apprendre de personne en fait d'oppression, ajouta-t-il, ce pape non seulement ressent, personnellement, le besoin de justice, mais il sait également à quel point cette exigence parle au cœur des hommes. Comme tout vrai chrétien, ce pape est un agitateur qu'on aurait tort de prendre pour un réactionnaire archaïque. »

En réalité, ce pape « réactionnaire » n'aura jamais cessé de dénoncer d'une voix haute et forte les injustices capitalistes ou celles du nouvel ordre international de l'après-communisme. En 1988, dans l'encyclique *Sollicitudo rei socialis* (à propos des rapports Nord-Sud), ou, en 1991, dans l'encyclique *Centesimus annus* (au sujet des excès de l'économie de marché).

Petit rappel. Dans une fameuse conférence faite en 1948 devant les dominicains de Latour-Maubourg et intitulée « L'incroyant et les chrétiens », Albert Camus reprochait à l'Église de ne s'exprimer que dans le langage des encycliques « qui n'est point clair ». Il ajoutait : « Ce que le monde attend des chrétiens c'est que les chrétiens parlent, à haute et claire voix, et qu'ils portent leur condamnation de telle façon que jamais le doute, jamais un seul doute, ne puisse se lever dans le cœur de l'homme le plus simple. C'est qu'ils sortent de l'abstraction et qu'ils se mettent en face de la figure ensanglantée qu'a prise l'Histoire d'aujourd'hui[1]. » Dans la même conférence, Camus disait craindre que le christianisme ne finît par « se laisser arracher la vertu de révolte et d'indignation qui lui a appartenu, voici bien longtemps ».

Dans son dialogue avec les incroyants, le pape de Rome, cette fois, parlait-il trop clairement ?

La foi est affaire personnelle. Et privée. Mais on ne saurait la réduire à une sorte d'ornementation gratuite de la vie quotidienne, à un *hobby* comparable à la pratique de l'accordéon ou de la numismatique. La foi, lorsqu'elle existe, gouverne la vie tout entière. Elle a des choses à dire au-dehors, des exigences minimales à faire valoir. De ce point de vue, le dialogue qu'elle poursuit depuis des siècles avec l'athéisme a connu des périodes moins sottes qu'aujourd'hui. On peut trouver un certain profit à relire cette immense *Cité de Dieu* que saint

---

1. Albert Camus, *Actuelles. Chroniques 1944-1948*, Gallimard, 1950.

Augustin rédigea pour répondre aux critiques des païens qui rendaient les chrétiens responsables de la chute de Rome en 410[1]. On gagne un peu de sérénité à relire les traités de Maître Eckhart (1260-1327) dans lesquels le grand mystique allemand dialogue avec Sénèque ou Aristote, Cicéron ou Platon, qu'il appelle courtoisement les « maîtres païens du passé ». On retrouve un peu d'humilité devant une quête spirituelle authentique en relisant saint Jean de la Croix. Notons d'ailleurs que ces deux grands mystiques, dont la parole a traversé les siècles, Eckhart et Jean de la Croix, furent l'un et l'autre persécutés par leur propre Église. Ce qui n'est peut-être pas un hasard…

Ce qui n'est pas tout à fait de l'ordre du privé, c'est l'interprétation de ce signal qui clignote partout dans le monde, ressuscite ici des Églises longtemps persécutées, favorise là des messianismes fanatiques ou des illuminismes sectaires, fait éclore là-bas des mysticismes *new age,* mais enflamme tout autant les paroisses populaires d'une Amérique latine « reagano-thatchérisée » ou les banlieues d'une Afrique clochardisée. Étrange piétisme planétaire, en vérité, qui coïncide, en Occident du

---

1. Les reproches adressés aux chrétiens par les païens, après la prise et le pillage de Rome par les Wisigoths, en août 410, sont *extraordinairement* « *modernes* » dans leur contenu. Dans une lettre à saint Augustin, Marcellin écrivait textuellement : « La prédication et la doctrine chrétiennes ne conviennent nullement à la conduite de l'État, car voici, dit-on, ses préceptes : ne rend à personne le mal pour le mal ; si quelqu'un te frappe sur la joue, présente-lui l'autre ; à celui qui veut t'enlever ta tunique, abandonne aussi ton manteau. Il semble clair que de telles mœurs ne sauraient être pratiquées dans un pays sans le conduire à la ruine » (cité par Jean-Claude Eslin en préface à une réédition de *La Cité de Dieu,* Le Seuil, 1994).

moins, avec un effondrement des institutions religieuses et une ruine des pratiques. Oui, étrange et persistante requête, comme si la modernité se trouvait tenaillée par le sentiment de sa propre incomplétude... Protestation d'insuffisance, de manque, ou conscience obscure d'un fourvoiement. Cette question de la croyance religieuse, rejaillissant en cette fin de siècle, n'appelle ni le sarcasme bêta ni l'effroi dénonciateur.

Elle invite encore moins à confondre, quand il s'agit de l'islam, le fanatisme des idéologues avec le désarroi des croyants. Sauf à prétendre assimiler, de la même façon, le christianisme américain aux illuminés de l'« Église du Christ de la Porte » installés dans le Colorado ou à la nébuleuse « Identité chrétienne » proche du Ku Klux Klan ; sauf à confondre le judaïsme tout entier avec les rabbins furieux du parti Kakh ou de la *Jewish Defense League* new-yorkaise ; sauf à compromettre le protestantisme avec les télévangélistes en cravate à fleurs de la côte ouest ou la sagesse des *Upanishad* avec les communalistes fascistes du parti hindou *Hindtva*[1].

René Girard a coutume de dire : ce qui tient encore l'Occident debout, c'est ce qui reste en lui de judéo-christianisme. Une profession de foi, *stricto sensu,* que l'on peut évidemment récuser. Convenons qu'elle n'est pas tout à fait infondée au regard de l'Histoire. Un auteur comme Cornélius Castoriadis, résolument

---

1. Le terme « communalisme » désigne, en Inde, l'utilisation de la religion à des fins politiques. Créé en 1925, le parti *Hindtva* s'opposa violemment, dans les années 40, à Gandhi et Nehru à qui il reprochait de vouloir accorder des droits civiques aux non-hindous.

agnostique, lui, ne dit pas autre chose lorsqu'il observe : « Le capitalisme n'a pu fonctionner que parce qu'il a hérité d'une série de types anthropologiques qu'il n'a pas et n'aurait pas pu créer lui-même : des juges incorruptibles, des fonctionnaires intègres et wébériens, des éducateurs qui se consacrent à leur vocation, des ouvriers qui ont un minimum de conscience professionnelle. Ces types ne surgissent pas et ne peuvent surgir d'eux-mêmes, ils ont été créés dans des périodes historiques antérieures, par référence à des valeurs alors consacrées et incontestables. »

En d'autres termes, s'il est urgent de résister aux fondamentalismes religieux, la pire méthode serait de leur opposer un fondamentalisme athée dont le siècle nous a montré tout le « savoir-faire ». Au-delà d'un attachement résolu à une laïcité stricte, mais tolérante et respectueuse, mieux vaudrait prendre la mesure exacte du vide devant lequel la modernité occidentale elle-même est prise de vertige. Étrangement, d'ailleurs, c'est dans l'Amérique, métropole de l'empire démocratique et universel, que ce vertige est le mieux avoué. Cette Amérique qui s'est choisi pour président un baptiste de l'Arkansas et pour présidente une femme entourée de théologiens méthodistes et dont les discours messianiques sonnent comme des prêches. « La croissance économique, déclarait Hillary Clinton en avril 1993 à Austin, Texas, la prospérité et la liberté ne suffisent pas. Nous avons fondamentalement perdu le sens de notre vie individuelle et collective, ce sentiment que notre vie s'inscrit dans un cadre plus vaste, que nous sommes liés les uns aux autres, que le mot "communauté" nous donne à tous un sentiment d'appartenance, qui que nous soyons. » Cette Amérique, enfin, où les sondages indiquent un regain sensible et régulier de la foi religieuse au cours des dernières années [1].

Une expression bien étrange fait son chemin dans le discours occidental contemporain : celle du « sens », du « besoin de sens », du « manque de sens ». La même Hillary Clinton, pour ne citer qu'elle, a fait sienne une formulation un peu plus précise, attribuée à un jeune philosophe juif américain : la « politique du sens [2] ». De même qu'a suscité, en 1994, un engouement subit et passablement frénétique – tant chez les républicains que chez les démocrates – l'ouvrage de William J. Bennet intitulé *Book of Virtues (Le Livre des vertus).* Comme toutes les revendications nouvelles, celle-ci, qui en appelle au « sens » et à la morale, prend déjà l'allure d'une scie électorale, d'un slogan passe-partout et médiatisé. Il est récupéré par la mode et ravalé au rang de lieu commun « branché », comme le furent,

---

1. Si l'on en croit plusieurs sondages publiés au début de l'été 1994 (notamment par l'hebdomadaire américain *US News and World Report*), 93 % des Américains se déclarent aujourd'hui « croyants » et 65 % d'entre eux assurent que la religion « a gagné pour eux en importance ». Plus précis, un autre sondage de l'institut Gallup, publié par *The Economist*, montre que la piété – c'est-à-dire la fréquentation de l'église ou de la synagogue – a régulièrement augmenté en Amérique depuis deux ans. En janvier 1992, en effet, 31 % des Américains déclaraient assister chaque semaine à l'office. En mars 1994, ils étaient 35 %. Dans le même temps, ceux qui déclaraient ne « jamais » y aller passaient de 16 à 9 %.

2. Il s'agit de Michael Lerner, fondateur du magazine *Tikkun* et que les adversaires d'Hillary Clinton appellent le « Raspoutine de la présidente ».

avant lui, les belles résolutions sur l'« éthique des affaires », les « cercles de qualité », l'« entreprise du troisième type » ou le « management convivial » des années 80.

L'erreur serait de croire qu'une « récupération », même ridicule, dispense de répondre à la question initialement posée.

On ne dira jamais assez que la religiosité confuse est, effectivement, une menace cardinale et une démission de l'intelligence. Il faudra dire et répéter, demain, que le cléricalisme punisseur et l'inquisition religieuse – d'où qu'ils viennent – constituent de nouveaux périls qu'il faut affronter, debout. De même, on se gardera d'oublier que l'agnosticisme résolu et éclairé – celui des Grecs ou de l'*Encyclopédie* – fait partie, lui aussi, de l'héritage occidental. Gardons-nous simplement de n'opposer à l'intégrisme renaissant qu'un fondamentalisme inversé.

VI

LE « MOI » DEVENU FOU

Nul débat ne vaut s'il ne s'astreint, périodiquement, à revisiter le réel. On ne saurait faire dialoguer Marx et Tocqueville, Adam Smith et John Rawls, sans descendre au coin de la rue vérifier où en sont, au juste, les citoyens qui passent. La description sans recul est sans doute vaine. Mais la pure spéculation l'est plus encore, lorsque, trop occupée par ce qu'Hegel appelait la « patience du concept », elle dédaigne le grain des choses.

Nous ne sommes plus, sauf erreur, en 1680[1] mais en 1995. Le « magot » sur lequel se crispe la modernité occidentale, ce trésor qu'elle défend bec et ongles, n'est pas un attribut honteux qu'il s'agirait – seulement – de critiquer. C'est le plus extraordinaire privilège que l'humanité ait jamais conquis : l'*individu autonome*. Davantage que l'image du trésor, c'est peut-être la métaphore du continent qui rend compte de la chose : un

---

1. C'est la date à laquelle l'historien Paul Hazard situe le début des Lumières, cette « crise de la conscience européenne ».

continent jamais exploré auparavant, auquel nous abordons avec incrédulité. Aucune époque n'avait approché cette réalité plus inouïe que l'Amérique des conquistadores ou les mythiques cités de Cibola : l'individu émancipé de pesanteurs millénaires, affranchi des contraintes, fatalités et morales qui gouvernaient sa vie depuis son apparition sur terre. L'individu autosuffisant et « propriétaire de soi-même ». Pas une seule société, avant la nôtre, n'avait formé le projet de faire vivre ensemble des individualités que n'assujettirait plus aucun absolu contraignant, nul dogme – qu'il soit d'essence mythologique, philosophique ou religieuse – sur la nature du Bien commun. Aucun groupe humain n'était parvenu à cette cohabitation de libertés plurielles, de croyances disparates qui sont autant de micro-souverainetés. Pas un homme ne put jouir, individuellement, de cette marge providentielle, de ce *jeu*, au sens mécanique du terme, qui ne borne plus la fantaisie de chacun qu'à la fantaisie de l'autre. Ni Adam Smith ni Benjamin Franklin n'avaient espéré un tel triomphe pour cet « individu libéral » dont ils furent les inventeurs.

Ce ne sont pas là des métaphores mais des réalités « sonnantes et trébuchantes ». Faut-il énumérer quelques-uns des privilèges qui – pour l'homme occidental et pour lui seul[1] – furent conquis durant ce

---

1. Petit rappel : d'après le rapport de l'Observatoire des droits de l'homme, *Freedom House*, pour 1993, seulement 19 % de la population mondiale vit sous un régime de liberté ; soixante-douze pays sont libres, soixante-trois le sont partiellement, cinquante-cinq pas du tout. Il y a trente-huit pays « non libres » de plus qu'en 1992.

siècle ? Émancipation vis-à-vis du besoin d'abord, fin d'une antique et poisseuse dépendance dont on oublie l'ampleur, tant sont mal retenues les bonnes nouvelles. (En une centaine d'années, le pouvoir d'achat moyen d'un Européen fut, au bas mot, multiplié par cinq.) Affranchissement par rapport au temps, non point celui de l'Histoire mais celui, plus tyrannique, qu'égrène l'horloge : le siècle a vu diminuer de moitié la durée du travail. Et ce n'est pas fini. La crise de l'emploi annonce, par-delà les souffrances du moment, des conquêtes plus radicales et un temps libre encore allongé ; comme si ce « pain gagné à la sueur de ton front » de la Bible devenait une condamnation vide de sens.

Arraché à l'enfermement dans l'espace, l'homme occidental a vu, dans le même temps, son horizon se déchirer tandis que s'évanouissaient les astreintes ancestrales du champ et du village. Protégé, pour l'essentiel, des anciens fléaux et des maladies – sauf retour d'une pandémie comme le SIDA –, il a doublé son espérance de vie, assuré sa maîtrise des rythmes naturels et des fatalités biologiques. Il s'est libéré, en passant, de la peine physique. Jugera-t-on que tout cela n'est rien ? Dira-t-on que nous n'avons rien gagné ?

La science a levé également les contraintes qui gouvernaient nos vies et régissaient nos plaisirs : procréation, sexualité... Mieux encore : elle s'apprête à nous confier demain, grâce au génie génétique, le contrôle chromosomique de nous-mêmes et de l'espèce. Ce n'est pas tout. La culture, l'information, le savoir, stockés et transmissibles dans l'instant, deviennent des *res nullius* à disposition, comme l'étaient hier le sable et le vent. La révolution informatique a vaincu jusqu'aux pesanteurs de la matière, celles du papier ou du métal. Faut-il évoquer enfin ces archipels incommensurables de la « réalité virtuelle », vers lesquels on nous convie déjà à appareiller. L'*homo occidentalis* n'est plus désormais qu'une liberté qui va son chemin.

Tout s'est produit en moins d'un siècle ! Non, nous ne vivons plus dans l'univers de Rousseau, Montesquieu, Voltaire ou Hegel que, pourtant, nous convoquons dans nos débats. L'individu planté aujourd'hui devant le monde est plus différent de ses grands-parents que le serait un extraterrestre. Il se sent capable de rompre, pour la première fois, avec toutes les sujétions, localisations, appartenances, fidélités auxquelles sa vie se trouva si longtemps soumise : famille refuge, morale de groupe, héritage, repères collectifs ou traditions précautionneuses… Le « moi » est libéré du « nous ». Il tient dans sa propre main tous les fils de son destin. Tout se passe comme s'il atteignait *pour de bon* à des rivages longtemps imaginés : l'individualisme chimiquement pur.

Oui, c'est bien sur ce « magot » prodigieux que l'*homo occidentalis* a refermé ses bras et les tient serrés. Cette possession l'enivre et l'épouvante à la fois. Muni d'une capacité de choix sans limites, il balance entre l'exultation et l'effroi. Il ne renoncerait pour rien au monde à cette condition et, cependant, elle le tourmente. Il est « condamné à être libre », bien plus sévèrement encore que ne l'imaginait Jean-Paul Sartre dans les années 50. Cette condamnation est à la fois son privilège et son exil. Tout débat politique sur l'Occident devrait prendre en compte cette fondamentale *ambivalence*. Faute de cela, il se cantonne à une dispute réductrice, ce qui advient trop souvent. Bonheur et tourment, exultation et souffrance, avers et revers d'une même condition sont rarement évoqués ensemble. Chacun choisit. C'est affaire de condition ou de tempérament. Cette appréciation sélective, cette hémiplégie de l'entendement génèrent tantôt des discours naïvement utopistes sur l'avenir radieux, tantôt des *lamentos* désabusés qui se complaisent à annoncer l'« apocalypse moderne ». Mais, du coup, personne n'entend plus les raisons de l'autre…

La petite musique

Dans ses rapports avec son époque, l'homme occidental est soumis à des mouvements de l'âme alternés, comme le seraient ceux d'un concerto. De ce concerto, essayons d'écouter d'abord, mais attentivement, l'*allegro vivace*.

La contemplation et la jouissance des choses, c'est un fait, nous sont permises, comme jamais elles ne le furent. Nous habitons à proximité de cavernes d'Ali Baba où s'entassent plus d'objets, de marchandises, de plaisirs consommables que nos ancêtres n'en virent en deux mille ans. Nous ne *voyons* plus cette profusion, mais il arrive que certaines péripéties nous arrachent à la torpeur de l'accoutumance. On raconte que, vers 1989, quelques voyageurs venus des anciens pays communistes furent pris de syncope, au sens strict du terme, en découvrant nos étalages. Ils s'effondrèrent sans connaissance. On aurait tort d'en sourire. L'homme qui erre aujourd'hui d'un étal à l'autre au milieu des marchandises peut croire accomplie, en effet, la promesse de la « tentation au désert » : vois, tout ceci est à toi ! Sans doute cette possession des choses n'est-elle pas équitablement distribuée. Quand bien même ! Le plus démuni de chez nous, le moins chanceux des smicards européens est encore un nabab au regard de son homologue de la Renaissance ou du XVIIe siècle. Nous sommes plus riches de « possibles » que nul ne le fut dans toute l'Histoire humaine.

Une jubilation résonne *aussi* dans l'air du temps. Elle n'est pas infondée. L'hédonisme quotidien est une idée neuve en Europe... La musique publicitaire, qui invite continûment au plaisir de posséder les choses, n'en est qu'une caricature. Nos appétences nouvelles, au fond, ne se réduisent pas à la pure consommation. Les choix immatériels qui nous appartiennent – bouger, jouir, entendre, voir, apprendre, rompre, changer – sont illimités eux aussi. Ce dont nous jouissons, en vérité, c'est d'une sorte d'apesanteur sociétale. Plus grand-chose ne contrarie notre individualisme. Il est aérien. Du libertinage au nomadisme, du retranchement à l'effusion collective, de l'originalité au conformisme : tout nous est offert. A nous de choisir, et sans périls. Ce n'est pas une petite conquête. Seule l'amnésie nous fait perdre de vue les cruelles pénuries d'avant-hier, les villes noirâtres, la tristesse du manque ou la « macération » mutilante des vieux interdits. La modernité, ce n'est pas seulement – loin s'en faut – l'enfer que dénoncent les grincheux. Il faut entendre, en effet, cet *allegro* qui cavale sur tous les trottoirs de l'Europe.

C'est d'ailleurs cette musique qu'écoutent les exclus de notre abondance[1], les peuples du dehors, ces « nouveaux barbares[2] » qui campent au-delà des remparts de la citadelle. C'est elle qui ensorcela, comme les mélodies du joueur de flûte, les citoyens des « démocraties populaires » et précipita la chute du communisme. Les promesses d'abondance, l'attrait des *jeans,* des voitures, des chaînes *hi-fi* ou des voyages furent sans doute plus dévastateurs pour l'univers parcimonieux du « socialisme réel » que les nobles aspirations à la liberté.

Depuis une vingtaine d'années, chez nous, toute une littérature célèbre cette légèreté festive de l'Occident, cette jouissance des bonheurs particuliers, vécus au jour le jour. Ceux du corps et du mouvement, de la musique ou du *hobby*, du voyage ou du sexe libéré, de la gymnastique ou du *look*, de l'image et du *Walkman*. Parmi tant d'autres, un petit livre exagérément optimiste – mais révélateur – tenta d'articuler, voici plus de dix ans, une sorte de phénoménologie politique de

---

[1]. Ils constituent l'écrasante majorité. Un rapport du PNUD, cité en juin 1994 par le *Christian Science Monitor*, estime qu'à travers le monde un cinquième de l'humanité s'accapare 85 % des richesses de la planète. Le cinquième le plus pauvre ne dispose lui que de 1 % des richesses.

[2]. Voir l'essai de Jean-Christophe Rufin, *L'Empire et les nouveaux barbares,* Hachette-Pluriel, 1992.

la frivolité : celui de Gilles Lipovetsky, *L'Ère du vide*[1]. A l'époque, Lipovetsky réagissait au pessimisme de certains sociologues américains comme Christopher Lasch ou Richard Sennett, déjà effrayés par les ravages de l'individualisme[2].

D'autres auteurs, comme Michel Maffesoli, suggèrent aujourd'hui de prendre plus au sérieux encore cette « contemplation du monde » qui est à notre portée. Maffesoli dénonce du même coup le pessimisme esthétisant des intellectuels. « La forte tendance du monde intellectuel à ne rien voir, dans la société moderne, que de l'individualisme et du déracinement, dit-il, est très significative de la déconnexion qui existe actuellement entre la classe intellectuelle et ce que j'appellerai les acteurs d'une "vie sans qualité". Ma sensibilité me pousse au contraire à tenter de comprendre, à l'encontre de l'attitude généralement suspicieuse de l'intellectuel ou, pis encore, de toutes sortes de lamentations récurrentes, ce qui peut organiser, précisément, cette "vie sans qualité". Et ce que j'y trouve, c'est en effet la trace d'un certain hédonisme qui s'exprime à travers la volonté de profiter, ici et maintenant, des plaisirs du monde[3]. »

Maffesoli n'a pas tort de critiquer le côté scrogneu-

---

1. Gilles Lipovetsky, *L'Ère du vide*, Gallimard, 1983. Depuis lors, Lipovetsky a sensiblement corrigé l'optimisme qui inspirait ce livre.
2. L'ouvrage de Christopher Lasch, *The Culture of Narcissism*, n'a pas été traduit en français. Voir, en revanche, de Richard Sennett, *Les Tyrannies de l'intimité*, Le Seuil, 1979.
3. Michel Maffesoli, *La Communauté post-moderne,* entretien publié par la revue *Krisis*, n° 16, juin 1994. Voir aussi, du même auteur, *La Contemplation du monde. Figures du style communautaire,* Grasset, 1993.

gneu du pessimisme ambiant. Mais un reproche symétrique doit lui être adressé. Sa description des bonheurs citadins, l'hédonisme qu'il croit repérer dans les microcommunautés de quartiers ou de générations, le fatalisme qu'il exprime devant la destruction des formes traditionnelles de citoyenneté, tout cela exige de prendre ses désirs pour des réalités. Du concerto de la modernité, en somme, il faudrait n'écouter que l'*allegro*.

L'*adagio*, lui, est d'une tonalité moins heureuse.

Le deuil et la déréliction

L'inégalité, à ce stade, n'est pas seule en cause. L'affaire ne se réduit pas à l'injustice du *partage*, encore que celle-ci soit cruelle et aggravée[1]. La sourde plainte qui monte autour de nous est consubstantielle aux bonheurs mêmes dont nous profitons. Comme si le triomphe du « moi », la jouissance boulimique et l'apesanteur de nos vies se trouvaient gangrenés par une frustration inguérissable : un sentiment de solitude qui gâte notre liberté, un dégoût qui accompagne nos ripailles, une violence qui guette nos plaisirs, un vertige qui trouble notre errance, une déréliction qui nous assiège.

Méfions-nous, certes. Tous les contempteurs de la modernité, tous les propagandistes de la « réaction » mettent l'accent sur les ombres ou les tares de l'époque. Vieille rengaine… A leurs yeux, elles justifient les nostalgies, les déplorations et les conservatismes. Il

---

1. Voir chapitre II, « L'idéologie invisible ».

n'empêche que ces ombres existent. On aurait tort de les taire sous prétexte qu'à les évoquer on « ferait le jeu » des démagogues. Nos villes sont bel et bien remplies de souffrances à la dérive, d'enfants sans père, de familles éclatées, de misères intérieures et d'exténuations dont la pauvreté matérielle n'est pas la seule explication. Les chiffres noirs que l'air du temps répugne tant à citer – les onze mille ou douze mille suicides annuels, les trois cents décès par *overdose* – ne sont pas tout à fait sans signification. L'immense désarroi qui clapote comme un ressac, juste au-dessous de la *musica* médiatique, ne l'est pas non plus.

L'époque, dit-on, est pourtant révolue où l'on dénonçait la société de consommation. En est-on sûr ? Il serait plus juste de dire que cette dénonciation a pris d'autres formes. Et pas seulement celles de la « mise en garde » écologiste. La frénésie consumériste débouche parfois sur de singuliers écœurements, des pannes du désir qui viennent ruiner jusqu'aux calculs de nos planificateurs. Depuis le début des années 90, il est significatif que le discours civique, celui que prétendent adresser les gouvernants aux citoyens, se ramène à une étrange injonction : consommez ! S'il vous plaît, consommez ! Comme si une abusive satiété, un coupable désintérêt pour la marchandise frappaient l'économie libérale au cœur. Singulier modèle, en vérité, que celui qui enjoint à ses bénéficiaires de ne point rompre avec l'avidité, sous peine de catastrophe industrielle. La pauvreté du message est un aveu...

Il en va de même pour le discours sur la solitude de

l'homme occidental. Lui aussi est abusivement récupéré. Cela ne signifie pas qu'il soit faux. Le contraste est même saisissant entre cette jubilation de surface, ce parti pris hédoniste qui habitent l'air du temps et toutes les doléances du pays réel. Elles chuchotent un tout autre message, tant et si bien que les deux se font écho. Hymne à la fantaisie libertaire d'un côté, attachement têtu à la famille de l'autre [1] ; permissivité racoleuse d'un côté, misère sexuelle de l'autre ; transgression branchée d'un côté, attachement inquiet aux traditions de l'autre. Plusieurs fois par an, à l'occasion d'un sondage, d'un fait divers ou d'un « phénomène de société », on prend la mesure de ce décalage. Comme si l'on percevait, tout d'un coup, au-delà du tintamarre, l'*adagio* de la modernité.

Il n'est pas jusqu'aux fausses audaces de l'appareil médiatique – ces *reality show*, ces confessions interactives, ces émissions de radio provocatrices – qui ne révèlent, comme à l'improviste, une réalité que l'on n'imaginait pas. Ce qui s'exprime alors, ce n'est point l'exultation du « tout est permis », c'est le contraire : le désarroi solitaire, la souffrance cachée, le désespoir.

---

1. C'est l'un des paradoxes les plus amusants : alors que l'air du temps juge globalement « ringardes » les valeurs familiales, tous les sondages montrent que ces mêmes valeurs sont en hausse constante dans l'opinion, notamment chez les jeunes. Un seul exemple, l'enquête réalisée par la SOFRES en février 1993. Elle montre que 93 % des personnes interrogées placent la famille en tête des valeurs qui leur inspirent confiance (soit deux points de plus qu'en 1985). En deuxième position, on trouve le mariage qui, lui, a « gagné » un point durant la même période (*L'état de l'opinion, 1994, op. cit.*).

Constater cela, ce n'est pas souscrire aux moralismes qui rôdent. C'est vérifier une évidence : l'individualisme absolu génère ses propres souffrances. C'est ainsi.

Veut-on un seul exemple ? A l'insistante célébration du sexe, il serait absurde d'opposer – et d'imposer – je ne sais quelle pudibonderie. L'émancipation du plaisir, la libre jouissance des corps sont des conquêtes qui valent d'être défendues contre l'assaut des bigots. Bien sûr. Mais le mensonge du discours moderne, pour ne pas dire son imposture, consiste à laisser accroire qu'un univers permissif serait *naturellement* harmonieux, heureux, libéré, tandis que celui qui perpétue quelques interdits n'engendrerait que souffrances. En réalité, la permissivité est *aussi* porteuse d'injustices, d'inégalités, de douleurs. Elles ne sont pas ce que l'on croit. Les pourfendeurs de la morale s'abusent eux-mêmes lorsqu'ils font mine de résister vaillamment à je ne sais quelle *répression*. Ils prennent la pose pour combattre des moulins à vent comme le feraient des acteurs du Châtelet. Écoutez, jour après jour, cette rengaine cocasse et voyez ces combats imaginaires en faveur d'une permissivité que personne, en vérité, ne menace. Halte aux censures ! Non à l'ordre moral ! On aime convoquer théâtralement des fantômes pour mieux les terrasser.

Des questions sérieuses, en revanche, on se détourne. De celle-ci, par exemple : le plus cruel obstacle au plaisir, ce n'est plus – et depuis longtemps – l'interdit moral ou religieux. C'est une réalité plus ambiguë qu'on regarde moins facilement en face : le non-désir de l'autre, la misère de l'échec, la violence symbolique du pur libertinage. La compétition sexuelle est sans doute celle où la défaite est la plus douloureuse et la solitude la plus inconsolable.

Lisons Roland Barthes. Dans un livre d'entretiens, *Le Grain de la voix*[1], il évoquait son homosexualité et la façon dont il la vivait : « Je n'ai jamais vraiment souffert de l'interdit sexuel, bien qu'il pesât, il y a quarante ans, beaucoup plus lourd qu'aujourd'hui. J'avoue franchement qu'il m'arrive de m'étonner de l'indignation de certains contre l'emprise de la normalité [...]. Ce qui me faisait souffrir, ce n'était pas d'être interdit mais d'être refusé[2]. »

Voilà qui n'est guère conforme au discours ambiant. Ce qui vaut pour le sexe vaut pour le reste. Au jour le jour, l'individualisme contemporain semble écrasé sous le poids de sa propre autonomie. Comme si la liberté sans précédent dont jouit l'*homo occidentalis* ne parvenait pas à consoler celui-ci d'une espèce de deuil.

Quel deuil ?

---

1. Roland Barthes, *Le Grain de la voix. Entretiens 1962-1980*, Le Seuil, 1981.
2. Rapprochement insolite : un des penseurs islamistes de la révolution iranienne, Ali Khamena'i (victime d'un attentat terroriste des Modjahédines du peuple en 1982), dans un prêche du vendredi (la *khotba),* dénonçait la « débauche occidentale » en invoquant, lui aussi, le caractère inégalitaire du désir. « En proclamant la "liberté sexuelle", les faux philosophes qui pensaient libérer les hommes de leurs complexes sont arrivés au résultat inverse. [...] Dans une société où les hommes et les femmes peuvent assouvir sans frein leur libido [...], tous ne peuvent les assouvir comme ils le voudraient. Il est clair que celui qui est plus riche peut se débrouiller mieux que les autres » (cité par Yann Richard, *Intellectuels et Militants de l'islam contemporain, op. cit.*).

Une dissolution programmée

En dernière analyse, c'est avec la politique au sens originel du terme – *polis* – qu'il a partie liée. Le libéralisme démocratique, obéissant aux principes mêmes qui le fondent, en arrive à un point limite à partir duquel il se défait. La société sans contraintes ni références, l'atomisation générale, l'émiettement libertaire débouchent sur l'implosion. « Parce que la démocratie, disait déjà Platon, est insatiable dans la liberté et s'y trouve indifférente à toute autre chose, elle se transforme et mène nécessairement à la dictature[1]. » Une vieille crainte resurgit sous nos yeux que l'on tenta pourtant, pendant plus d'un siècle, de dissiper. « Les hommes du XIXe, observe François Furet, ont beaucoup cru que la démocratie libérale moderne mettait la société dans un péril constant de dissolution, par suite de l'atomisation des individus, de leur indifférence à l'intérêt public, de l'affaiblissement de l'autorité et de la haine de classe[2]. »

Désormais, ce n'est plus qu'une crainte, c'est un constat qui hante le débat politique. Qu'il s'agisse de la ruine de la citoyenneté, de la déliquescence syndicale, de la grande panne éducative, de l'effondrement du civisme, du repli frileux sur la sphère privée, du déclin des modèles de parenté… tous ces phénomènes participent d'une même origine : la victoire définitive du

---

1. Platon, *La République,* livre III.
2. François Furet, *Le Passé d'une illusion. Essai sur l'idée communiste au XXe siècle, op. cit.*

« moi » sur le « nous », la dissolution programmée du lien social. Ils posent une grande question *historique*, devant laquelle les disputes partisanes se révèlent assez futiles. Cette question, c'est celle de la démocratie elle-même. Demeure-t-elle praticable quand le « moi » devient fou ? Ce n'est pas si sûr.

Le danger principal n'est sans doute pas la « dictature » que redoutait Platon (encore que…). Il réside dans cette dégradation continue, indolore, invisible qui substitue peu à peu aux anciens modes de représentation une forme nouvelle – et régressive – de gouvernement oligarchique. Celui qui voit cohabiter des consommateurs retranchés dans l'exil du privé et une élite de décideurs ou techniciens hors contrôle. Une élite qui n'est plus soumise – sporadiquement – qu'à des plébiscites confus, faussés par les lois de la communication médiatique et publicitaire. Ce mode de gouvernement reconstitue, en somme, le cercle d'or d'une nouvelle aristocratie, tantôt abritée du peuple par l'élitisme douillet de sa condition, tantôt menacée par des révoltes plébéiennes – tous pourris ! – qui brouillent le jeu mais retombent comme des vagues.

Quelque chose ne fonctionne décidément plus dans la procédure démocratique. Et ce ne sont pas les pieux appels au civisme, au sens de l'État ou à l'intérêt général qui résoudront cette crise. Produit direct d'une ébriété – d'une *overdose* –, elle participe d'un délitement plus profond. Au nom de quoi mobiliser le citoyen qui s'est désormais assoupi derrière le consommateur, si les seules valeurs partagées et reconnues sont celles du « privé » ? Quelle sorte de devoir invoquer, de tropisme mettre en mouvement si rien n'attache plus ensemble les protagonistes du jeu politique ? Qu'enseigner à l'école – en sus du simple savoir technique – si, face à un État neutre, il n'y a plus d'accord minimal sur le projet ? Quels mécanismes, quelles recettes substituer au démantèlement de la famille pour que soit assurée l'éducation de l'enfant et transmises les valeurs fondatrices ? Comment rendre quotidiennement la justice quand s'étiolent et se dispersent en mille philosophies *équivalentes* les adhésions communes qui fondaient la loi ? Comment gouverner si l'État lui-même, assiégé par les lobbies du dehors et du dedans, en vient à douter de sa propre légitimité ?

Michel Maffesoli, prophète réjoui du postmodernisme, nous invite à tirer un trait sur ces questions trop angoissantes. Il nous suggère de considérer comme obsolètes les mots mêmes de « politique », « démocratie », « État-nation », qui ne seraient que les produits « contextualisés » d'une époque. « Ce qui s'épuise aujourd'hui, dit-il, c'est une conception du politique comme action sur la société. Le souci de transformer, de réformer, de révolutionner ou même de conserver la société (quatre verbes qui définissent l'ordre politique moderne) me paraît s'effacer progressivement. » Nous devrions donc nous accommoder du réel pour mieux jouir des promesses « émotionnelles » du tribalisme ; nous abandonner à ce qu'il appelle un « matérialisme mystique ». Il fait l'éloge païen et nietzschéen (revendiqué comme tel) d'un « bonheur groupal, presque animal, qui renvoie à l'aspiration d'un être-ensemble pour l'être-ensemble, c'est-à-dire sans objectif ni projections ». « Sur ce point, ajoute-t-il, ma position est totalement anarchiste au sens d'Élysée Reclus, c'est-à-dire que je suis en faveur d'un ordre sans État. […] Divers indices montrent d'ailleurs que quelque chose de ce genre est actuellement en gestation[1]. »

Pourquoi s'attarder à ce type de problématique ? Parce qu'elle ne fait, au fond, que mettre en forme avec talent, conceptualiser un accommodement paresseux et une résignation partout répandus. Ce « matérialisme mystique » baptise simplement d'un autre nom le quant-à-soi jouisseur et désenchanté de l'époque, celui que psalmodie du matin au soir la rengaine publicitaire. A ce titre, il est emblématique, comme l'était voici plus de dix ans l'analyse de Lipovetsky. Quant au néo-anarchisme qu'exprime cette attente d'un bonheur « purgé du politique » et délivré de l'État, il est tout aussi révélateur, mais nettement plus préoccupant. Sur ce point précis, le journaliste, que l'on dit empêtré dans le réel, est trop mal placé pour venir tempérer l'optimisme abstrait de l'honorable professeur de sociologie à la Sorbonne. L'Histoire récente ne nous a-t-elle pas permis d'expérimenter le « matérialisme mystique » et le « tribalisme contemplatif » de quelques sociétés sans État ?

Les citoyens de Saint-Pétersbourg par exemple, ceux de Moscou, de Monrovia, de Beyrouth, de Tbilissi,

---

1. Michel Maffesoli, *La Communauté post-moderne, op. cit.*

d'Érevan, de Bogota ou de Kiev, tous ceux que pressurent les mafias, épouvante le désordre et oppriment les forts seraient ravis d'apprendre qu'ils profitent, sans le savoir, du dépérissement de l'État-nation. Ils se réjouiraient sans doute de se voir conviés à la « contemplation du monde » et livrés au bonheur « animal » des tribus. Ils jugeraient peut-être consolant de se savoir officiellement « postmodernes ». La plaisanterie n'est pas si drôle. S'il est un message – un seul – que l'on ramène de là-bas, il tient en peu de mots : les sociétés sans État sont des jungles. Certes, on objectera que les communautés et les pays en question sortent, détruits, d'un long intervalle totalitaire, qu'ils sont livrés subitement à la désespérance et à la pénurie, que ces exemples ne sont donc pas probants aux yeux du sociologue.

Sans doute. Mais qu'on en cite d'autres.

L'effet retard

Dans cette affaire, le cas français est spécifique. Lorsqu'elle regarde en face ce délitement de la démocratie et les moyens d'y porter remède, la France se trouve embarrassée par son propre passé, pénalisée par sa mémoire. Chez nous, certains mots, certaines références sont à ce point connotés qu'ils sont difficilement utilisables. Le mot « famille », comme on le sait, participe à son corps défendant du pétainisme. Sur la « ruralité » pèse un même soupçon heideggerien et nationaliste. Jusqu'à une date récente, le plaidoyer pour l'« honnêteté » et les philippiques contre la « corruption » nous renvoyaient immanquablement aux années 30, aux ligues et aux camelots du roi. Quant aux considérations sur le mariage, la natalité, l'éducation parentale ou même les « valeurs », elles constituent un champ abandonné depuis longtemps aux grandes manœuvres de la « réaction ». On ne s'y aventure plus qu'avec d'infinies précautions, beaucoup d'ironie et un rien de condescendance. Dans la plupart des débats contemporains, la connotation l'emporte donc sur le sens, et la symbolique triomphe du contenu. C'est une fatalité détestable, une idéologisation soupçonneuse du débat, l'affermage abusif de certaines valeurs à certains partis[1].

Ce n'est pas tout. Cette Histoire accusatrice qui nous encombre, cette compromission datée du vocabulaire nous placent dans une posture assez paradoxale lorsque nous sommes confrontés à d'autres cultures, à des systèmes de représentations différents du nôtre. La question de la famille est un bon exemple. Parmi les sociétés qui nous concurrencent ou les communautés qui nous côtoient, les plus performantes sont celles dont les structures familiales demeurent solides. C'est le cas de l'Asie, bien sûr, mais aussi de quelques diasporas de l'économie-monde. On cite souvent les minorités américaines venues de l'Asie du Sud-Est et dont la réussite est saisissante. La presse britannique évoque pareillement le succès des immigrés hindous,

---

[1]. La gauche permit ainsi que fussent confisqués par le Front national, jusqu'au milieu des années 80, les thèmes de l'immigration, de l'insécurité ou même celui du SIDA.

qu'elle attribue à la solidité des structures familiales. De la même façon, la diaspora chinoise qui conforte discrètement, d'année en année, une puissante solidarité planétaire ne peut le faire que parce qu'elle fait de la lignée ou du clan une valeur première.

Nul ne songe à sourire à Canton, Hanoï, Bénarès ou Singapour lorsqu'on évoque la protection des valeurs familiales. Nul n'aurait l'idée de juger « réactionnaire » le souci de cohésion et de durée de la famille traditionnelle, par opposition à une famille monoparentale qui serait, dit-on, « terriblement moderne ». En d'autres termes, ce sont nos « préjugés contre les préjugés[1] » qui nous paralysent. Quant à nos débats sur la famille, ils font alterner des diabolisations assez sottes et des bondieuseries qui ne le sont pas moins. La raison y trouve rarement son compte.

Première conséquence : les interrogations les plus pertinentes sur la modernité en crise ne sont plus formulées guère chez nous mais ailleurs. Notre embarras soupçonneux contraste avec l'intrépidité expérimentale qui prévaut, par exemple, aux États-Unis. Il est indiscutable que, depuis une vingtaine d'années, le vrai débat sur le libéralisme, ses limites, son possible amendement est surtout mené outre-Atlantique. Le travail théorique monumental d'un John Rawls ou d'un Robert Nozick, la confrontation méthodique des

---

1. L'expression est de Hans Georg Gadamer, philosophe allemand né en 1900, élève de Heidegger et fondateur de l'herméneutique philosophique.

thèses néo-kantiennes, libertariennes et communautariennes sont d'un intérêt plus immédiat que nos sempiternels règlements de comptes. D'une certaine manière, les critiques adressées par Rawls à l'ultra-libéralisme auront plus fait pour l'amendement du capitalisme dans un sens social-démocrate que nos excommunications et nos « programmes communs », sitôt désavoués. Certes, la philosophie analytique américaine est pointilliste et vaguement byzantine dans son argumentation. C'est sans doute pour cela qu'elle a mis si longtemps à retenir notre attention. Mais ce n'est plus un argument très sérieux.

L'effet-retard[1] auquel notre incuriosité conspire a des conséquences assez distrayantes. Celle-ci, par exemple : c'est au moment où il triomphait chez nous, au point de séduire les socialistes eux-mêmes – disons au début des années 80 – que l'ultra-libéralisme se trouvait soumis, outre-Atlantique, aux contestations les plus vives. Et c'est maintenant, alors que l'influence de John Rawls commence à être notable en Europe, que ce dernier subit à son tour les assauts non négligeables, et beaucoup plus radicaux, de la critique communautarienne. On ne courra pas le ridicule de « résumer » en quelques lignes un tel débat. Pointons seulement quelques thèmes.

---

1. Écrit en 1971, l'ouvrage majeur de John Rawls, *A Theory of Justice*, n'a été traduit et publié en France qu'en 1987 : *Théorie de la justice*, Le Seuil. Celui de Robert Nozick, *Anarchy, State and Utopia*, écrit en 1974, n'a été traduit en français qu'en 1988 : *Anarchie, État et Utopie*, PUF.

Le juste et le bien

Les néo-libéraux américains, toutes tendances confondues, ont en commun une même sévérité à l'égard du *welfare state* (État-providence) qui se trouva, effectivement, remis en cause par la révolution conservatrice de 1980. Ils s'accordent également sur les concepts fondateurs du libéralisme. D'abord la primauté absolue accordée à l'individu : la liberté de celui-ci ne saurait être l'objet d'aucune sorte de limitation, fût-ce au nom d'un prétendu « intérêt général ». « Chaque personne, écrit Rawls, possède une inviolabilité fondée sur la justice qui, même au nom du bien-être de l'ensemble de la société, ne peut pas être transgressée. Pour cette raison, la justice interdit que la liberté de certains puisse être justifiée par l'obtention par d'autres d'un plus grand bien [1]. »

Ils s'accordent aussi sur la parfaite « neutralité » de l'État quant à la conception que l'on peut se faire du Bien. Celle-ci est affaire de choix individuel. Nul « préjugé » ne saurait s'imposer collectivement aux membres d'une société. A chacun son propre Bien qu'il définit selon ses croyances. L'État se refuse à trancher entre des projets, des valeurs, des comportements concurrents. Il incarne, en somme, un « scepticisme moral » respectueux de la variété infinie des opinions dont il s'agit seulement d'organiser la cohabitation la plus harmonieuse possible. L'intérêt général, si tant est que l'expres-

---

[1]. *Théorie de la justice, op. cit.*

sion ait un sens dans ce contexte, n'est rien de plus que la somme des intérêts individuels ; une somme qu'on peut tout juste chercher à maximiser. A la limite, c'est cette libre diversité des « Bien » qui est elle-même considérée comme un Bien en soi. Les libéraux anglo-saxons, suivant en cela John Stuart Mill ou Emmanuel Kant, accordent la priorité au Juste (*right*), qui est affaire individuelle, sur le Bien (*good*), qui implique l'adhésion à une valeur commune, et donc une contrainte.

Dans leur interprétation du concept de liberté, ils privilégient de la même façon ce que le philosophe Isaiah Berlin appelle la « liberté négative » (n'être soumis à aucune contrainte, notamment de la part de l'État), par opposition à la « liberté positive » (être son propre maître, pouvoir intervenir sur le cours des choses[1]).

C'est à partir de cela, en aval de ces trois présupposés, que divergent les deux grandes écoles néolibérales : celle des libertariens, dont le principal théoricien est Robert Nozick, et celle des « libertariens de gauche », conduite par John Rawls. Les premiers, qui se qualifient parfois eux-mêmes d'arnacho-libéraux, s'en remettent résolument à l'économie de marché, fondée sur la propriété privée, les libertés civiles et l'abstention maximale de l'État. Ils s'opposent, notamment, à toute idée de redistribution ou de *welfare state*, dont ils dénoncent les effets pervers. Ce sont eux qui ont largement inspiré la « révolution conservatrice » et la déréglementation frénétique de l'époque Reagan.

---

1. Isaiah Berlin, *Éloge de la liberté,* Calmann-Lévy, 1988.

La *Théorie de la justice* de John Rawls, au contraire, qui procède du kantisme, fait intervenir l'idée d'un « seuil » d'inégalité admissible et d'équité (*fairness*). Il tempère ainsi – dans un sens social-démocrate – les rigueurs du marché. Il le fait en formulant deux principes complémentaires : 1) Tout individu a droit à l'ensemble le plus étendu de libertés fondamentales qui soit compatible avec un ensemble de libertés pour tous. 2) Les inégalités, pour être admissibles, doivent entraîner un bénéfice, un « plus », pour les membres les moins avantagés de la société ; elles doivent aussi récompenser des fonctions ou des positions ouvertes à tous, avec une égalité des chances[1].

Jusqu'au milieu des années 80, les débats très complexes et très riches entre ces deux grands courants néolibéraux (qui tournèrent à l'avantage de Rawls) se situaient donc à l'intérieur d'un consensus : l'économie de marché, la liberté individuelle et la mise à distance de l'État. Certes, chaque camp compte ses radicaux et ses modérés ; chaque auteur se trouva conduit à amender – sur tel ou tel point – ses positions. Mais aucun des fondements philosophiques du libéralisme ne se trouvait remis en question.

---

[1]. Pour ces indications très sommaires, je m'inspire des formulations de Philippe Van Parijs, *Qu'est-ce qu'une société juste ?*, Le Seuil, 1991.

Aristote et les communautariens

Il n'en va plus de même avec le courant dit « communautarien », apparu au cours des années 80, et qui, lui, récuse carrément certains des postulats libéraux. L'émergence de cette sensibilité politique correspond assez bien – dans sa version américaine – à cette quête planétaire que l'on suit à la trace dans ce livre : un souci de ré-enracinement. Il traduit, sur le plan théorique, le désarroi d'une Amérique atomisée, minée par l'émiettement culturel, rongée par un sentiment de vide, livrée à une maniaquerie procédurale – la défense des « droits » individuels et l'obsessionnelle mise en avant des « préjudices » – qui fait la fortune des *lawyers* tout en caricaturant la justice.

Les principaux auteurs communautariens s'appellent Alasdair MacIntyre, Bernard Williams, Michael J. Sandel, Charles Taylor ou David Gross. Le mouvement s'exprime notamment dans la revue *Telos*, qui existe, en réalité, depuis la fin des années 60. Quoique ces auteurs témoignent d'approches et d'engagements différents (ils vont du conservatisme au populisme de gauche), il n'est pas abusif d'écrire qu'ils fondent globalement leurs analyses sur le double héritage d'Aristote et de saint Thomas d'Aquin.

A leurs yeux, l'erreur du libéralisme – qu'il soit libertarien ou kantien – est de partir d'un individu abstrait et sans attaches (*unencumbered*). Un individu qui leur apparaît comme une pure fiction, tout comme leur semble fictive l'hypothèse d'une liberté individuelle préexistante. Ils s'inscrivent donc en faux contre cette assertion de Rawls : « L'individu vient avant les fins auxquelles il adhère. » En réalité, disent-ils, l'individu est *déterminé* par ses appartenances. Ses choix, ses préférences, l'idée qu'il se fait du Bien ne sont pas le résultat d'une sorte de délibération rationnelle mais le produit d'une histoire. « Aussi indéterminée qu'elle puisse être vis-à-vis des fins, écrit Michael J. Sandel, l'histoire de ma vie est toujours encastrée dans l'histoire des communautés dont je tire mon identité, qu'il s'agisse de la famille ou de la cité, d'une tribu ou d'une nation, d'une cause ou d'un parti[1]. »

Très logiquement, les communautariens hiérarchisent le Juste et le Bien à l'inverse de ce que font les libéraux. Pour eux, le Bien commun doit l'emporter sur le Juste, compris dans son acception individuelle. Ils reprennent à leur compte l'interprétation d'Aristote pour qui la justice elle-même « s'enracine dans une communauté dont le lien primaire réside dans une conception partagée à la fois de ce qu'est le Bien de l'homme et de ce qu'est le Bien pour cette communauté[2] ». Ils rejettent par conséquent, au sujet de la morale, le postulat libéral de la « neutralité » ou du « scepticisme » de l'État. Pour eux, ce « scepticisme » est en réalité un « nihilisme moral ». Du saint Thomas d'Aquin de la *Somme théologique,* ils retiennent par exemple la condamnation du mensonge, « interdit en

---

1. Article paru dans *New Republic,* 7 mai 1984.
2. Cité par Amy Gutmann, *Krisis,* n° 16, *op. cit.*

tant que tel », et qu'on ne saurait abandonner à l'appréciation de chacun.

Dans le champ politique, ils réintroduisent l'idée de *vertu* civique tirée d'Aristote et qui doit primer sur la stricte prise en compte de l'intérêt ou du droit individuel. Contre l'idée de citoyenneté fondée sur la seule « liberté négative » (*freedom*), inspirée du contrat social de Thomas Hobbes, ils en appellent à la tradition républicaine classique (Machiavel ou Montesquieu), qui privilégie la « liberté positive », c'est-à-dire participative, responsable, soucieuse de l'intérêt général. De ce point de vue, le débat qui les oppose aux libéraux est assez comparable à celui qui sépare en France les tenants de la démocratie et ceux de la république. Aux yeux d'un Michael J. Sandel, qui cite volontiers Hannah Arendt, l'atomisation extrême des société libérales et l'indifférentisme des citoyens repliés sur leurs intérêts privés rendent la démocratie vulnérable « à la politique de masse propre aux solutions totalitaires ».

Dans les faits, le courant communautarien s'oppose à une dérive qu'il estime dangereuse de l'individualisme américain : permissivité excessive, économisme frénétique et obsédé par le court terme, recul du civisme, solitude égoïste du citoyen, menace sur la cohésion sociale, etc. Dénonçant la « privatisation du bien[1] », qui interdit toute morale partagée, attentifs à l'idée de « majorité silencieuse » et de « devoirs naturels », ils participent en définitive de ce vaste mouve-

---

1. L'expression est d'Alasdair MacIntyre.

ment moralisateur qui touche l'ensemble de la classe politique d'outre-Atlantique, aussi bien les républicains que les démocrates. « Les valeurs morales et la désagrégation de la famille sont vraiment en passe de devenir des thèmes majeurs », déclarait en 1994 Carter Eskew, consultant média pour le Parti démocrate. Un sondage publié le même mois indiquait que, aux yeux d'une forte majorité, la famille américaine était « davantage menacée par un climat moral qui heurte les valeurs de la communauté que par les difficultés économiques[1] ».

Certes, le discours des communautariens suggère parfois, de manière assez désagréable, l'idée d'un retour puritain et répressif vers « la loi et l'ordre », que leurs adversaires ne manquent jamais de souligner. Ils se voient reprocher une nostalgie diffuse pour les « traditions perdues ». On les accuse de justifier *a posteriori* le conformisme sans indulgence des fameux puritains de Salem, qui organisaient la chasse aux sorcières au XVIIe siècle. Cependant, rien ne permet d'assimiler purement et simplement la critique communautarienne du libéralisme aux diverses « réactions » traditionalistes ou holistes de la droite classique. Les communautariens tiennent parfois un discours que l'on classerait volontiers à gauche, lorsqu'ils déplorent par exemple l'atrophie de la vie politique et la dislocation, inquiétante pour la démocratie, des associations intermédiaires que sont les syndicats, les clubs, les paroisses,

---

1. Cité par Ronald Brownstein dans le *Los Angeles Times,* août 1994.

etc. Ils se déclarent d'ailleurs favorables à l'intervention de l'État pour défendre ces biens communs que sont les cultures locales ou les équilibres provinciaux ruinés par la logique du marché. A la question de l'intolérance – toujours posée dès lors qu'on récuse le credo du « scepticisme » de l'État –, ils répondent que « l'intolérance fleurit surtout là où les formes de vie ont été disloquées, où les racines ont été ébranlées, où les traditions se sont défaites ».

Il faut noter que leurs adversaires – qu'ils soient rawlsiens ou libertariens – prennent très au sérieux les critiques communautariennes. S'ils s'efforcent de les combattre, ce n'est pas sur ce ton de la remontrance ou du soupçon qui prévaut chez nous. Le *sérieux* du débat américain est une leçon. Citons un seul exemple. En conclusion d'un long article destiné à réfuter les thèses communautariennes, une spécialiste de science politique, professeur à l'université de Princeton (New Jersey), Amy Gutmann, écrit : « La critique communautarienne n'apporte pas de bonnes raisons de renoncer au libéralisme. Mais elle lance un défi à ses partisans et, ne serait-ce que pour cette seule raison, sa démarche mérite d'être saluée. Le communautarisme peut nous aider à découvrir une politique qui associerait la notion de communauté à notre attachement aux valeurs libérales de base[1]. »

Un auteur américain, au moins, s'emploie d'ailleurs à ce réexamen critique du libéralisme à la lumière de la

---

1. Amy Gutmann, *Krisis,* n° 16, *op. cit.*

critique communautarienne, tout en gardant ses distances avec celle-ci. Il s'agit de Michael Walzer, cité à plusieurs reprises dans ce livre et qui mériterait d'être lu davantage en France. Walzer ne mâche pas ses mots quant à certains travers – ou aveuglements – des intellectuels. Il reprend même à son compte les critiques adressées par les communautariens à une intelligentsia « techno-médiatique » prétendument de gauche. « Il ne faut pas seulement être tolérant, dit-il, mais humble aussi. Les crimes de la gauche tout au long de ce siècle ont beaucoup à voir avec l'arrogance intellectuelle. Les crimes de la droite, eux, ont une origine plus matérialiste : dans la cupidité individuelle et l'égoïsme collectif[1]. »

Des fils à renouer

Ce qui hante, en définitive, la modernité libérale, c'est la question du passé récusé et de la tradition perdue. C'est la tradition, en effet, qui cimentait autrefois la collectivité et constituait le lien social. La modernité lui a substitué trois ingrédients – l'État moderne, le consumérisme et la culture médiatique – dont nous vérifions, aujourd'hui, la fondamentale insuffisance. Aucun des trois n'est en mesure de conjurer le désarroi contemporain. C'est un sentiment de manque qui l'emporte, de sorte que plus personne n'oserait chanter l'imprudent refrain composé en 1871 par Eugène

---

1. Entretien avec Chantal Mouffe, *Esprit,* mars-avril 1992.

Pottier, parolier et compositeur de *L'Internationale* : « Du passé faisons table rase. » Un siècle et vingt ans plus tard, voilà que le passé nous fait défaut. Devant la « table rase », nous sommes saisis par la peur. L'homme occidental se sent parvenu au terme d'une *émancipation* qui le laisse cruellement orphelin. Une tentation l'habite : celle du retour en arrière, de la restauration. Elle est funeste. C'est d'elle que finissent par s'emparer, tôt ou tard, les pensées totalitaires et les fanatismes. C'est elle qui définit, au sens littéral du terme, la *réaction*.

Voyez comment, dans les anciens pays communistes d'Europe centrale, la convocation obsessionnelle du passé, avec ses regrets et ses rancunes, ses frontières et ses nostalgies, ressuscite la barbarie. Voyez comment ces retrouvailles imaginaires avec des communautés disparues et des traditions mortes rallument partout la violence. On ne fait pas revivre – sauf par la force – ce que l'Histoire a dissous ; on ne réinvente pas les infinies broderies de l'appartenance que le temps a définitivement détricotées. La seule question sérieuse est la suivante : entre la sotte amnésie moderne et ces restaurations redoutables, existe-t-il une autre voie ? Pouvons-nous échapper tout à la fois à la déréliction « postmoderne » et à cette pure nostalgie qui ne conduit nulle part ?

Ce « moi » devenu fou et ces dévastations annoncées nous contraignent à réexaminer avec patience et méthode cette vieille idée de la tradition et de l'héritage. C'est une injonction que nous adresse le réel et qu'il faut écouter car elle n'est pas absurde. Au demeurant, le rapport au passé qu'il s'agit de réinventer n'implique aucune fatalité régressive. Seule l'étourderie ambiante s'imagine que nous sommes obligés, comme les malheureux citoyens traqués par les sondages, de choisir entre le « oui » et le « non », entre le passé et l'avenir. La bêtise contemporaine a beaucoup à voir avec le fonctionnement binaire du langage informatique. En réalité, il ne s'agit pas de restaurer la tradition mais de la rapatrier ; il n'est pas question de retourner en arrière mais de renouer lucidement avec la mémoire. « La véritable nouveauté qui perdure, écrivait Fernando Pessoa, est celle qui a repris tous les fils de la tradition et les a tissés en un motif que la tradition ne pouvait tisser. » La nuance est fondamentale : non point faire régresser la modernité mais moderniser, en quelque sorte, la tradition. Un auteur américain suggère même une formule stimulante : promouvoir de *nouvelles traditions*[1].

Le souci de retrouver un vrai consensus en matière de morale collective et d'éthique est-il utopique ? Est-il compatible avec la liberté ? Tout dépend, observait pour sa part Paul Ricœur, « de la capacité que nos concitoyens ont conservée d'entrecroiser dans une laïcité vivante des héritages aussi divers que ceux reçus du passé judéo-chrétien, de la culture gréco-romaine, de la Renaissance et des Lumières, du XIXe siècle des nations et des socialismes[2] ».

---

1. David Gross, *The Past in Ruins,* Université du Massachusetts, 1992.
2. Paul Ricœur, *Le Juste entre le légal et le bon,* allocution prononcée à la session inaugurale de l'Institut des hautes études de la justice, 21 mars 1991.

Autrement dit, la modernité n'est pas une *donnée* définitive à laquelle nous serions sommés d'adhérer en « faisant table rase » ; elle n'est pas comme une armée étrangère occupante, devant laquelle nous serions contraints de capituler. En attendant de collaborer... Le syndrome du « collabo », que l'époque dénonce si souvent, devrait logiquement réveiller en chacun un peu d'énergie morale et lui dicter une conduite simple : ni refus rêveur de la modernité ni capitulation servile. Jean-Marie Domenach définissait assez bien ce projet dicté par un esprit de résistance *appliqué au temps présent* et un souci de dépassement : « Faire sur la modernité le même travail que la Renaissance fit sur l'Antiquité : la prendre pour tremplin en exaltant ce qu'eut d'héroïque et de beau ce monde que nous laissons derrière nous : objet d'admiration, non d'imitation et dont nous avons à nous émanciper, car, tout en retenant ses leçons, il faut s'émanciper de l'émancipation elle-même[1]... »

---

1. Jean-Marie Domenach, *A temps et à contretemps,* Éd. Saint-Paul, 1991.

VII

LE MENSONGE INGÉNU

Dans ces pages courent des expressions que l'on pourrait juger irrecevables : des « on », des « air du temps », des « discours contemporains »... En toute logique, on devrait proscrire ces désignations approximatives. De qui parle l'auteur, au juste, lorsqu'il convoque ce « on » ? Qui se cache derrière ce fameux « air du temps » ? Qui sont ces « discoureurs contemporains » si fortement stigmatisés ? Ordinairement, la généralisation est un procédé rhétorique illégitime, une commodité d'écriture, voire une paresse. Nous vivons, après tout, dans un univers pluriel ; la modernité démocratique se flatte même d'organiser la cohabitation pacifique des désaccords, mieux qu'aucun autre système ne l'avait fait avant elle. C'est son paradigme. Toute référence à une prétendue opinion monolithique devrait être évitée par qui prétend au sérieux. L'Occident, par définition, ne peut parler d'une même voix.

Mais les choses ne se passent pas ainsi. C'est à dessein que le « on » est employé. Étrangement, nos sociétés se crispent en effet par un « consensus » dont le contenu est mou mais qui parle bien d'« une même voix ». Une voix dure… Nous, qui devrions faire du *débat* notre ordinaire, nous baignons dans une pensée dominante aussi difficile à définir qu'à accepter. Cette contradiction est une aporie inattendue, un paradoxe historique. Comme si la dissipation des idéologies comminatoires, l'effondrement des propagandes, la fin des dogmes avaient fortifié, chez nous, un nouveau conformisme qui n'obéirait plus qu'à sa propre inclination. Comme si nous avions fini par réinventer ce que nous prétendions combattre. Alors même qu'à l'Est – et partiellement au Sud – on renonçait au parti unique et aux slogans récités, nous avons laissé s'installer mollement dans nos murs quelque chose qui y ressemble, la police en moins. Nous fondons notre système de valeurs sur la pratique du doute méthodique, mais nous donnons le sentiment d'en refuser la charge. A quels *a priori* résiduels, à quelles frilosités s'alimente cette idéologie dégradée ?

Une chose est sûre, ce consensus est assez fade, volontiers sûr de lui et d'autant plus redoutable qu'il bénéficie d'un nouveau monopole.

L'avalement du monde

Oh, bien sûr, on ne dira pas que la libre parole soit interdite, ni que tous les impertinents se réfugient aux catacombes ou sont traqués par les commissaires politiques. On ne prétendra pas que circule sous le manteau un *samizdat*, dans sa version occidentale. Ce serait absurde. Le libre examen existe, il fleurit, il s'épanouit.

La confrontation attentive des points de vue bat son plein, d'une revue à l'autre, d'un colloque à l'autre, d'une discipline à l'autre. (Toutes les références signalées dans ce livre en sont autant de preuves.) Convenons même que le « débat d'idées » fut rarement aussi riche qu'il ne l'est aujourd'hui. Dans les faits, cependant, il est exilé vers les marges.

Le vrai questionnement, celui qui n'est pas ornemental mais s'affronte à l'essentiel, n'occupe qu'une petite société de clercs, de chercheurs ou de philosophes travaillant loin du public et sans vraie prise sur l'air du temps. La libre pensée n'est pas combattue frontalement. Elle est condamnée à une sorte de dissidence. Elle se retranche, notamment dans l'écrit, cet espace vulnérable dont l'influence, le poids, l'importance vont s'amenuisant. Elle est *de facto* tenue en lisière et n'occupe que quelques lieux spécifiques[1], loin des effets audiovisuels et publicitaires qui, globalement, gouvernent l'opinion. Sur le devant de la scène, sous les *sunlights*, s'exprime moins une pensée qu'une série de pré-jugements assez sommaires, un dogmatisme *soft* colonisé par l'image et vendu à l'encan par des camelots « sympas » ; un « politiquement correct » qui se nourrit rarement de réflexions approfondies mais se fonde sur une infinité de petits mimétismes inconscients, de solidarités mondaines, d'ignorances. C'est étonnant, mais c'est ainsi.

---

1. On ne fera jamais assez l'éloge des revues, auxquelles l'auteur de ce livre – on l'a vu – est largement redevable.

Le visage peu avenant qu'offre au-dehors la modernité ne l'est pas moins au-dedans. Ce renoncement à la critique de soi, cette impasse faite sur la pensée dérangeante, ce contentement à courte vue, qu'on reproche tant à l'Occident, sont aussi à usage interne. Il y a là une crispation et une régression qui donnent à réfléchir.

Le phénomène n'est pas propre à la France, ni même à l'Europe. Il est consubstantiel à la modernité, son point aveugle. Cette « trahison » historique n'est pas même le produit d'une intention ou d'un calcul. Elle n'est pas – ou rarement – dictée par la contrainte, pas plus qu'elle ne relève de je ne sais quel complot ourdi en secret. C'est une langueur de la délibération démocratique dont nul n'est véritablement responsable. Elle n'est même plus le résultat d'une volonté mais d'une pesanteur. Pesanteur ? L'évidence sur laquelle on s'attarde trop peu, c'est l'accumulation, au-delà d'un pluralisme de façade, de mécanismes qui concourent au même résultat : unifier l'opinion, la conformer. Purs mécanismes, en effet. Si un « parti unique » occupe le terrain, il n'a ni président, ni secrétaire à l'organisation, ni volonté conspiratrice, ni même programme ou dessein mauvais. Il est une réalité *en soi*, un moment de l'Histoire, le produit d'une évolution : l'hégémonie *médiatique*[1].

Si l'on s'en tient au seul critère quantitatif, cette question *médiatique* est considérable. La réflexion

---

1. Dans une enquête publiée en décembre 1990, le CREDOC estimait que c'était durant la décennie 1979-1989 que s'était établie en France l'hégémonie culturelle de la télévision.

qu'elle suscite occupe autant d'espace et mobilise autant d'énergie que le social et l'idéologie ne le faisaient avant-hier. En dix années, le nombre d'ouvrages, colloques, dossiers, sondages, débats ou querelles consacrés à ce sujet – une trentaine de titres chaque année, autant de « séminaires » et de revues – disent assez l'ampleur du phénomène. Et sa complexité[1]. Dans tous ces travaux, en effet, se juxtaposent des réflexions qui n'ont ni le même objet ni la même importance. De l'avancée des sciences cognitives à la sémiotique de l'image, de l'impérialisme télévisuel au magistère de l'argent, de la *communication* triomphante détrônant une *information* en crise, de la tyrannie des émotions à la défaite de la raison, de la déontologie en question au divertissement démobilisateur, tout est mêlé. Ce n'est pas seulement le symptôme d'une crise, ni l'effet d'une conjoncture passagère. Il y a là comme une catégorie nouvelle de la pensée à intégrer, une discipline neuve des sciences humaines à défricher. Ses contours sont encore mal fixés et sa méthode balbutiante. Elle signale une mutation qui n'est pas encore vraiment conceptualisée ni démocratiquement domestiquée. A cause de cela, sans doute, l'empire des médias, leur tyrannie supposée, leurs effets

---

1. Parmi les innombrables ouvrages consacrés au phénomène médiatique, il faut réserver une mention particulière à la « somme » volumineuse de quelque quatre-vingts textes fondamentaux (de Barthes à Hofstadter, de Debray à Serres, de Derrida à Bateson) rassemblés et présentés par Daniel Bougnoux sous le titre *Sciences de l'information et de la communication*, Larousse, coll. « Textes essentiels », 1993.

manipulatoires demeurent surtout objets de fantasme, de fascination et de craintes.

D'où ces débats incessants, ces sondages inquiets, ces empoignades sonores mais sans lendemain et ces procès éternellement recommencés. L'espèce de stupeur qu'on repère derrière ce brouhaha pourrait se résumer en quelques interrogations capitales : la liberté des médias qui fut longtemps le principe fondateur de la démocratie serait-elle en train de devenir son principe destructeur ? Le médiatique, installé sur la défaite du journalisme, constituerait-il, à lui seul, le substitut d'un lien social rompu, un ersatz proliférant de façon anarchique sur les ruines de l'ordre ancien ? La « communication » fournirait-elle à l'époque son « idéologie molle[1] » ? Le problème ne se limiterait pas, loin s'en faut, à la mise en cause soupçonneuse des personnes, d'une corporation ou d'une déontologie. Il serait celui – bien plus fondamental – d'un bouleversement immaîtrisé des procédures démocratiques. Il procéderait d'une fuite en avant de la modernité tout entière : ni voulue, ni organisée, ni contrôlée par quiconque. Mais s'imposant à tous. L'affaire est assez grave.

Suggérons un mot pour désigner le phénomène : le mot « avalement ». Tout se passe comme si le médiatique, à son corps défendant, avait avalé l'une après l'autre les institutions en crise, les champs laissés en

---

1. C'est la thèse de Lucien Sfez qui propose l'expression « tautisme » (contraction d'autisme et de tautologie) pour caractériser cette fausse pensée. Voir *Critique de la communication,* Le Seuil, rééd. 1993.

friche, les fonctions en déshérence : justice, enseignement, politique, culture, économie… Sans l'avoir revendiqué, il s'est trouvé peu à peu gonflé d'une omnipotence malsaine, investi d'une mission impossible, chargé de responsabilités pour lesquelles il n'est ni préparé ni armé. L'empire des médias, en somme, comme celui de Rome jadis, a vu reculer ses frontières jusqu'à des confins qu'il se croit tenu d'occuper mais sans vrais moyens, sans règles et sans logistique.

L'expression courante qui prétend désigner le phénomène – la médiatisation – est parfaitement trompeuse. Elle laisse entendre qu'il s'agirait d'une pure enflure publicitaire, d'une démultiplication quantitative. En réalité, c'est d'une substitution de contenu qu'il s'agit. Le médiatique ne fait jamais qu'occuper les vides du social. Les exemples ne manquent pas.

Le retour de l'ordalie

La fonction judiciaire est – ou fut – assez largement *empêchée* dans notre pays. Le tumulte incessant des affaires depuis plusieurs années et les polémiques sur le secret de l'instruction ont masqué cette évidence. Longtemps prise en otage par le politique, pour ce qui est des affaires sensibles, la justice pâtit surtout d'une misère structurelle – pauvreté des moyens, perte de statut symbolique, lenteur chronique – dont on parle moins mais qui la confine à un état proche de la paralysie. C'est l'une des institutions républicaines dont la crise est la plus profonde. Elle a perdu une partie de sa légitimité symbolique, de son indépendance, de son efficacité. C'est dans cette béance que s'est engouffré le substitut médiatique.

C'est à la presse, comme on le sait, que fait appel le juge en butte aux pressions de la chancellerie. C'est sur la médiatisation qu'il table pour que ne soient point enterrés les dossiers qu'il traite. La publicité, à ce stade, n'est qu'une stratégie pour tenir à distance le politique. On ne se plaindra pas que soit mis en échec, de cette façon, l'interventionnisme régalien, et restauré, au coup par coup, l'indépendance du judiciaire. Mais cette alliance de circonstances ne va pas sans inconvénients. Et de toutes sortes. A la publicité du procès, principe fondamental de notre droit, s'est substituée une publicité de l'instruction, une inquisition à livre ouvert qui corrompt l'ensemble du processus. L'opinion, par le biais des médias, est devenue protagoniste de la chasse au coupable. Elle fait peser sur la fonction judiciaire tout un poids d'émotivité incontrôlable, de hâte, de manichéisme. Pour ne rien dire du mercantilisme vulgaire, du *suspense* théâtral, de la simplification, de la mise en scène du feuilleton accusatoire, etc.

Tout se passe comme si le médiatique prenait en charge une partie de la fonction judiciaire défaillante ou affaiblie. Il le fait ingénument, mais sans compétences définies, sans responsabilité correspondante, sans règles claires. Il arrive même que cet amalgame médiatico-judiciaire trahisse un besoin de justice inassouvi. Que l'on songe à l'alliance durable entre le juge et les médias dans le cadre de la lutte contre la corruption, en Italie, en Allemagne ou en France. Voilà qu'après tant d'injustice tolérée, on débusque enfin des puissants, délinquants en col blanc qui bénéficiaient d'une impunité « naturelle ». On brise des silences, des connivences, des tabous. On apure de vieux comptes et l'on exhibe finalement quelques grands patrons arrachés au refuge des convenances et aux labyrinthes des organigrammes. Fort bien. Il y a, dans cette revanche des petits juges applaudis par le petit peuple, un phénomène de compensation symbolique assez réjouissant, sur le fond. L'inégalité, l'élitisme, le népotisme, l'argent n'avaient plus, en face d'eux, de contre-pouvoirs politiques, syndicaux ou culturels[1]. C'est donc, *in fine*, le petit juge, ce Jacquou le Croquant légaliste, appuyé sur les médias, qui vient troubler le jeu, marquer les limites tolérables du consensus inégalitaire. Et fait reculer celui-ci. Tant mieux.

Tant mieux ? On aimerait s'en tenir à cet acquiescement, mais le peut-on ? Si les coquins sont démasqués de cette façon, ce n'est que justice, mais ce n'est pas *la* justice. Toute la différence tient à cet article « la ». Dans le maelström cafouilleux qui unit le journaliste et le juge, dans cette « alchimie douteuse[2] », la plupart des règles se trouvent subverties. On sait bien de quelle façon. La mise en examen vaut condamnation, la

---

1. Voir chapitre II, « L'idéologie invisible ».
2. L'expression est d'Antoine Garapon, secrétaire général de l'Institut des hautes études sur la justice, auteur d'un texte remarquable de clarté et de concision : *Justice et Médias, une alchimie douteuse,* Notes de la Fondation Saint-Simon, octobre 1994.

publicité vaut sanction, la révélation médiatique vaut preuve. En clair, ce ne sont plus les impératifs de la raison circonspecte qui président à la procédure, ce sont ceux du spectacle. Douterait-on du caractère régressif de cette dérive ? Songeons alors à ce cas de figure classique : un puissant soupçonné qui tient tête au juge par médias interposés ou qui s'explique devant les caméras. Chacun comprend que, armé de son charme, de son éloquence, de sa séduction télégénique, il va jouer, sinon sa tête, du moins son sort. S'il est confronté à son accusateur, il s'engagera dans un match médiatique dont l'issue déterminera – ou pas – la *probabilité* de son innocence. Mais qu'évoquent donc ces saynètes contemporaines, sinon ces procédures très archaïques que notre ancien droit appelait l'ordalie ou le duel judiciaire. Un suspect était soumis à des épreuves – le feu, l'eau, etc. – dont il devait triompher pour que Dieu atteste de son innocence. Dans le cas du duel judiciaire, il affrontait l'autre partie au procès et le sort des armes désignait le vaincu, c'est-à-dire le coupable.

Ces superstitions et cet arbitraire magique nous scandalisent. Mais faisons-nous, jour après jour, des choses bien différentes ? Est-ce un hasard si sont de retour, dans le langage courant, quelques expressions – duel, lynchage, bouc émissaire, épreuve –, toutes empruntées à une conception de la justice mérovingienne, bien antérieure aux Lumières ? Cet *avalement* médiatique, parmi tant d'autres, n'aboutit pas seulement à un détournement des règles procédurales. Il contribue à une contamination insidieuse du jugement. Il réintroduit la foule – c'est-à-dire l'imitation contagieuse et l'unanimisme revanchard – dans la mécanique judiciaire qui avait mis tant de siècles à s'en affranchir. Il réinjecte de l'émotionnel et du ressentiment dans le droit pénal. Il marque la victoire – au sens littéral du terme – du *préjugé* sur le délibéré. A ce titre, il est emblématique d'une défaillance gravissime de la modernité. C'est parce que l'exigence de justice n'était pas satisfaite, c'est parce qu'une promesse démocratique d'équanimité s'est trouvée trahie que la *vengeance sociale*, en quelque sorte, a fait retour. Ni la garde à vue ni la violation du secret de l'instruction ne soulevaient autant de critiques lorsque seuls des petits délinquants en étaient victimes. Les magistrats n'ont pas tort de le rappeler.

Lorsqu'on débat à l'infini sur les moyens d'enrayer cette dérive, d'édicter de nouvelles règles concernant l'instruction, de conjurer cette régression, on oublie de s'interroger, *d'abord*, sur ce qui l'a rendue possible et même nécessaire : la trahison d'un principe égalitaire et la ruine d'une institution[1].

---

1. Parmi les critiques très violentes adressées aux « petits juges » ces dernières années, nombreuses furent celles qui n'invoquaient les grands principes et n'agitaient la menace d'un « gouvernement des juges » que pour défendre l'*establishment*.

L'Agora postmoderne

La politique, elle aussi, est largement *avalée*. C'est un lieu commun que de le rappeler. Depuis longtemps, l'espace de la délibération n'est plus le préau d'école, le Conseil des ministres, l'hémicycle du Parlement, la chancellerie ou le sommet diplomatique. C'est le studio de télévision, le *network*. Comme le patient évoqué par Jacques Lacan, le médiatique s'est trouvé un maître pour régner sur lui. C'est devant l'œil rond de la caméra que l'État et l'élu se trouvent convoqués. C'est là qu'ils rendent – ou règlent – des comptes. C'est là qu'ils éprouvent leurs discours, testent leur décision, ajustent leur programme, affrontent l'adversité. C'est ainsi qu'ils viennent au-devant du peuple et sollicitent ses suffrages.

Fort bien. L'audiovisuel, après tout, est le lieu d'un forum plus permanent et plus ample qu'aucune époque n'avait osé imaginer. C'est l'Agora postmoderne, dit-on parfois, grâce à laquelle le citoyen accède sans intermédiaire à ceux qui gouvernent son destin. C'est un *meeting* sans commencement ni fin qui vaudrait bien, en efficacité et en souplesse, les crapahutages provinciaux d'autrefois ou les rassemblements en plein air. C'est aussi, dit-on parfois, un lien social que seuls les intellectuels et les grognons dévaloriseraient par élitisme. Quelques auteurs proposaient, hier encore, cette interprétation consolatrice[1].

---

1. Voir notamment de Dominique Wolton, *La Fée du logis*, Gallimard, 1983, et *Éloge du grand public*, Flammarion, 1990.

Elle est inacceptable. Pourquoi ? Pour une raison simple. Lorsqu'il répond à la convocation du médiatique, le politique est contraint d'en accepter les lois. Il passe la douane et change de conduite. Au-delà de cette limite, ce n'est plus lui – Dieu merci ! – qui sera maître du jeu. Or, les règles auxquelles il va se soumettre, passée la frontière du studio, obéissent à une logique, visent des objectifs, mobilisent des catégories mentales qui ne sont pas – qui ne seront jamais – ceux de la rationalité démocratique. L'État et le politique, installés sous les projecteurs, se voient forcés de sacrifier à l'émotion plutôt qu'à la raison, à l'amnésie au lieu de la mémoire, à la séduction plus qu'à l'argumentation, à la hâte du direct et non à la patience de l'Histoire, au simplisme préféré à la nuance, au pugilat plus attrayant que le débat[1].

C'est bien l'ensemble du jeu politique qui se trouve miné par des règles contraires aux exigences minimales – représentation, délibération, décision – de la démocratie. Cet *avalement* est évidemment corrupteur. Voilà des années que l'on mesure avec un peu d'effroi – aux États-Unis plus encore qu'en Europe – les effets de cette médiatisation effrénée et l'ambiguïté foncière d'une « télé-démocratie » abandonnée à sa propre logique. Ce qu'on réalise moins, c'est à quel point cette machinerie contribue à fabriquer du

---

[1]. On ne s'attardera pas à ces mécanismes bien mis en évidence par Régis Debray dans son livre *L'État séducteur. Les révolutions médiologiques du pouvoir*, Gallimard, 1993.

conformisme. Y compris lorsqu'elle prétend faire le contraire[1].

Toutes les lois du spectacle conspirent, en vérité, à un « formatage » de la réflexion politique. Le temps des médias est celui de l'immédiateté, du consommable dans l'instant, de l'effusion : il répugne à l'ennuyeux détour de la circonspection, à l'examen pointilleux des possibles. Aux chipotages de l'intelligence, il préfère la simplicité du consensus moyen. La morale du médiatique, comme celle du western, est celle du blanc et du noir. Elle n'admet que l'affrontement hollywoodien d'un bon et d'un méchant. La télévision américaine, notait un journaliste, « ne peut admettre qu'un méchant à la fois[2] ». Se trouve ainsi évacué tout ce qui introduirait de la nuance, de la complexité, c'est-à-dire, en dernier ressort, du réel[3]. De la même façon, le médiatique télévisé répugne au conditionnel, à l'aléatoire. Il ne peut s'exprimer que par affirmations intel-

---

1. Pensons à ces disputes attrayantes, mises en scène devant les caméras (le syndrome Le Pen, celui de l'ours exhibé sur la piste du cirque, le « match » avec Bernard Tapie, etc.) et qui ramènent l'affrontement des concepts à une pure concurrence d'animalités.
2. Article de Nick Gowing, *The Independant of Sunday*, juin 1994.
3. Un responsable important du Quai d'Orsay, signant d'un pseudonyme, dénonçait en termes vifs cette dérive « spectaculaire » en matière de politique étrangère. « Notre diplomatie se "médiatise" : elle devient anecdote susceptible de faire la "une" du journal de 20 heures ; l'apparence tient lieu de substance. Notre politique étrangère prend alors un caractère quelque peu irréel, nominaliste pourrait-on dire, puisqu'elle se réduit parfois à des initiatives et des propositions qui, si elles sont largement reprises par la presse française, sont en revanche ignorées par nos partenaires » (*Esprit*, novembre 1992).

ligibles à la seconde et, donc, privilégie la tautologie, la généralité, l'unanimisme moyen. Sa logique tout entière est orientée vers la production d'un conformisme ratissant large. La *dissidence* est la bête noire de l'audimat. On devrait garder en mémoire ce petit exemple de désastre médiatique, en termes d'écoute et d'indice de popularité : l'appel du 18 juin 1940. Le « score » répété du général de Gaulle sur les ondes de la BBC eût fait froncer les sourcils à M. Patrick Le Lay, responsable de TF1, si attentif à ses parts de marché. Le jugement de l'Histoire n'use pas des mêmes critères que ceux de l'honorable société Médiamétrie…

Faut-il s'attarder enfin, après tant d'autres, sur l'antagonisme ontologique entre l'image et le concept, entre l'icône télévisuelle et l'articulation d'une pensée ? Sans réintroduire ici la querelle byzantine de l'iconoclastie, condamnée en 787 par le deuxième concile de Nicée, rafraîchissons quelques souvenirs plus récents. L'hostilité de principe entre le culte de l'image et la raison démocratique était au cœur de la pensée fasciste des années 30 et 40 qui révérait la première. Lucien Rebatet, cinéphile passionné, opposait l'image considérée comme « populaire » à l'écrit jugé « élitiste ». De même, l'éloge de l'émotion contre la tyrannie desséchante de la raison était un thème commun à la plupart des écrivains de la collaboration. « Ce que les intellectuels fascistes français considèrent comme étant la calamité de la démocratie, écrivait Robert Brasillach, c'est d'abord qu'elle a privé la nation d'images par son incapacité primale à établir entre les hommes un rapport fondé autrement qu'en raison[1]. » Les zélotes étourdis de l'image et du visuel « branché » devraient y réfléchir à deux fois[2].

La courtoisie du club

Mais l'investissement du politique par le médiatique ne produit pas seulement des « dérapages ». Il modifie de manière plus insidieuse la relation entre les acteurs eux-mêmes. Le journaliste et l'homme politique, quels que soient leur talent et leur bonne foi, n'y sont plus vraiment conviés à un débat socratique. Leur relation et leur affrontement ne correspondent plus guère à un strict exercice de citoyenneté : l'un invitant l'autre à s'expliquer et soumettant ses réponses à la critique. Dans les faits, ils participent tous deux d'un *casting*. Ils sont en représentation. Et tous deux, certes, connaissent les ficelles du spectacle. Derrière leurs propos, circule donc une manière de connivence qui « crève l'écran ». Comme tout acteur responsable, ils sont

---

1. *Je suis partout*, 29 février 1943 ; cité par Robert Belot, *Lucien Rebatet, un itinéraire fasciste*, Le Seuil, 1994.
2. Pour Marcel Gauchet, ce formatage de la pensée, notamment par le biais de l'hégémonie télévisuelle, est plus grave encore qu'on ne le dit. « Le pouvoir prophétique, écrit-il, est définitivement derrière nous, et il faut s'en féliciter. Reste à apprendre le rôle de contre-pouvoir. Face à la confusion militante, à la démagogie de la simplicité, à l'ignorance structurelle que véhiculent les médias, la tâche de défense et illustration des Lumières par tous les moyens appropriés est d'une urgence toute spéciale – les vraies valeurs contre les fausses, l'analyse contre le cliché, l'esprit du raisonnement contre l'esprit du slogan, le sens de la difficulté contre la dictature de la facilité » (*Esprit*, octobre 1993).

attentifs aux effets, aux longueurs, aux nécessités dramaturgiques du rebondissement et de la surprise. Ils cogèrent le déroulement du scénario et en escomptent le même succès audimatique.

Ce face-à-face ritualisé produit des effets de sens qui sont presque tous des effets pervers. Il est à l'image de cette familiarité nouvelle qui préside désormais aux rapports entre le politique et le journaliste. Elle n'est plus de même nature qu'autrefois. Par certains côtés, elle marque un progrès. C'en est fini de cette révérence peureuse du journalisme français qui, pendant des décennies, contrasta avec la liberté de ton en usage dans les pays anglo-saxons ; on a brisé avec une posture exagérément dévote qui inclinait – surtout à la télévision – à « recueillir » une parole plus qu'à interpeller un responsable. Cette égalité retrouvée entre le pouvoir politique et le contre-pouvoir journalistique correspond à une mise à niveau tardive mais opportune.

Elle trouve cependant ses propres limites dans l'idée de « partenariat » médiatique qui rapproche aujourd'hui les deux protagonistes, comme s'ils appartenaient au même club. Chacun affecte de protester contre les prétentions, les empiétements, les abus de l'autre. Mais ils sont objectivement – et sociologiquement – solidaires, concourent au même rituel, obéissent aux mêmes codes, usent du même langage. Ils sont rivés l'un à l'autre comme des jumeaux mimétiques. Aux yeux de l'opinion, c'est bien d'un même statut qu'ils jouissent. Selon ses inclinations personnelles, l'éditorialiste en vue sera perçu soit comme le titulaire d'un ministère de la parole, soit comme le membre d'une sorte de *shadow cabinet*, animateur d'une opposition courtoise et officielle à Sa Majesté. Dans les deux cas, il donnera l'impression d'être au-dedans du politique et non point au-dehors, comme il conviendrait.

Tous les agacements, toutes les polémiques « populistes » contre cette nouvelle classe « politico-médiatique » — pour reprendre l'expression de François Mitterrand — s'expliquent par le soupçon qu'inspire cette mitoyenneté. C'est peu dire qu'elle favorise le conformisme, voire l'autisme. Dans le pire des cas, elle conduit les uns et les autres à discourir sans fin sur une réalité virtuelle, lisse et bienséante, mais détachée de la réalité tout court.

La panique et le sondage

C'est encore à ce phénomène du conformisme autoreproduit qu'il faut rapporter une pratique aussi envahissante et controversée que le sondage d'opinion. On sait que la France — avec près de deux sondages par jour — est pionnière en ce domaine. Les polémiques suscitées par cette manie resurgissent à l'approche de chaque scrutin électoral. On accuse les sondages — devenus une industrie — d'influencer l'opinion, de peser sur le processus électoral, voire de le remplacer, d'orienter de façon erratique la prise de décision politique, etc. Ce sempiternel réquisitoire appelle un plaidoyer symétrique qui insiste, lui, sur la modernité de l'instrument de mesure, sur son caractère démocratique, sa commodité, etc. Discussion familière, répétitive et généralement sans lendemain[1].

La fonction symbolique du sondage, en revanche, est plus rarement discutée. Elle n'est pourtant pas dénuée d'intérêt. Dans un petit livre amusant, le chercheur Jean-Pierre Dupuy, professeur à l'université de Stanford et spécialiste du néo-libéralisme américain, analyse un phénomène en apparence fort éloigné de l'enquête d'opinion : la panique[2]. Il s'interroge sur l'origine de ce désordre surgissant subitement au sein d'une foule et qui pousse celle-ci à agir contre ses propres intérêts. La panique jette chacun dans la bousculade, l'entassement et la fébrilité ; elle lance confusément le groupe dans toutes sortes de fausses directions et provoque, au bout du compte, ce qu'elle cherchait à fuir : l'échec collectif, la catastrophe. C'est l'exemple même du comportement aberrant et autoréalisateur : il favorise lui-même ce qu'il redoutait.

Quelle est, au fond, la clé de cette déraison ? A quelle motivation obéit chaque protagoniste de l'affaire ? La réponse est assez simple à formuler. Chacun se croit averti d'un danger – réel ou supposé – mais *nul n'en sait davantage*. Nul ne sait, non plus, quelle sorte de comportement il serait bon d'adopter : demeurer sur place, se diriger vers une sortie mais

---

[1]. On pense notamment aux discussions suscitées par le livre, très critique à l'endroit des sondages, de Patrick Champagne, *Faire l'opinion. Le nouveau jeu politique*, Éd. de Minuit, 1992.
[2]. Jean-Pierre Dupuy, *La Panique*, Éd. Les Empêcheurs de tourner en rond, 1991.

laquelle, courir ou marcher, se coucher ou rester debout ? En l'absence de certitudes, le seul repère c'est le comportement de l'autre. « C'est l'imitation, écrit Dupuy, qui apparaît comme la façon rationnelle de gérer l'incertitude lorsque manquent les références communes. La seule conduite rationnelle est d'imiter les autres. » C'est donc à cela que chacun s'emploie, convaincu – à tort – que le voisin en sait plus que lui-même. Ces imitations croisées, ces obéissances anxieuses, s'alimentent l'une à l'autre, sur un mode tourbillonnant. Elles produisent ainsi la panique et en expliquent la violence.

Le recours incessant au sondage obéit, paradoxalement, à des ressorts très voisins : la fascination quémandeuse, inquiète, pour l'opinion de l'autre. C'est l'absence de convictions fortes qui polarise chacun sur l'hypothèse rassurante d'une opinion moyenne, ce produit bâtard de l'angoisse et de l'arithmétique. En soi, une opinion évaluée en pourcentage est une contradiction dans les termes. Si la vérité est une moyenne statistique, cela signifie qu'elle n'existe pas. Un point de vue personnel ne saurait avoir comme référent la pure quantité. Celle-ci, tout au plus, fournit un indice. Elle atteste de l'existence de familles de pensée et permet d'ébaucher une cartographie électorale. On répondra, bien sûr, que le principe même du sondage demeure inhérent au postulat démocratique : l'absence de dogme, le pluralisme organisé et sa gestion prudente plutôt que l'absolutisme d'une vérité unique. Le sondage et la démocratie ont affaire ensemble.

Tout cela est vrai. En revanche, l'inflation vertigineuse des enquêtes sur tout et rien revêt une signification différente. L'appel incantatoire, matin et soir, à cette opinion majoritaire sortie des calculettes répond à une autre logique. Le sondage devient un langage, une rhétorique de remplacement, un nihilisme travesti. Il y a là l'aveu d'un manque, la marque d'une angoisse diffuse. En réalité, un puissant souci de *conformité* habite nos sociétés. Tourmenté par une « panique froide », chacun porte son regard sur l'opinion du voisin[1]. C'est à cette demande inavouée que l'enquête dite d'opinion est censée répondre. Derrière tout résultat proclamé se devine, qu'on le veuille ou non, quelque chose comme une douce injonction : voici la moyenne, voici la raison...

Obsédé – et ce n'est pas un hasard – par le sondage jusqu'à y référer une bonne part des informations qu'il diffuse, le médiatique est pareillement travaillé par un principe de conformité et d'imitations croisées. Il affronte, lui aussi, la tentation du recopiage, de la duplication infinie, de la surveillance inquiète de l'autre. Les journalistes professionnels le savent bien ; tous – l'auteur de ce livre comme les autres – se trouvent pris dans un réseau serré de signaux et recom-

---

1. Un écrivain et journaliste suisse, Christophe Gallaz, analysait à sa manière cette fonction rassurante du sondage. « Nous jouissons de sentir notre appréciation politique personnelle rejoindre un jeu collectif d'abscisses et d'ordonnées mobile et léger [...]. En faisant du citoyen son propre observateur, elle l'incite à préférer son autocontemplation à l'examen pondéré du pouvoir, et soumet son attitude aux empires de l'émotion davantage qu'à ceux de la raison critique » (*Libération*, 19 novembre 1992).

mandations tacites desquels il est moins facile qu'on ne le croit de s'abstraire. Les mots de la tribu, en somme… Peu d'éditorialistes, peu de rédacteurs en chef, peu de responsables de chaînes qui ne se disent : que va dire l'autre, que va-t-il faire ou publier, que va-t-il conclure ? Ce fardeau du conformisme corporatiste, certes, n'est pas une absolue fatalité. Les individualités assez fortes pour s'en affranchir ne manquent pas. Il n'empêche qu'il pèse d'un bon poids. C'est lui qui provoque les engouements médiatiques que l'on sait, ces embrasements sporadiques de la curiosité pour telle affaire, tel conflit, telle problématique qui s'éteindront – tous ensemble – comme des feux de paille.

On ne devrait pas considérer comme allant de soi que les médias parlent, au même moment, des mêmes choses…

L'invention du réel

Le marché lui-même – l'argent – est devenu l'allié inconscient du conformisme médiatique. On sait que, depuis une quinzaine d'années, il a resserré son emprise sur les médias, comme sur le reste de la société[1]. Le souci de vendre, la conquête d'un public ou d'un lectorat ne sont évidemment pas des préoccupations triviales. Elles accompagnent, depuis ses origines, toute l'histoire de la presse démocratique. Seule la société totalitaire prétend s'affranchir de cette régulation par le

---

1. Voir, ci-dessus, chapitre II, « L'idéologie invisible ».

marché. Au fil du temps, néanmoins, une nécessité s'était imposée : celle de corriger, dans ce domaine sensible de l'information, la brutalité mutilante du marché. L'information du citoyen, quoi qu'on dise, n'est pas *seulement* une marchandise. Elle a partie liée avec la vérité, l'esprit public, la morale républicaine. Un journal d'information n'est pas exactement une entreprise comme les autres. Elle fait commerce, assurément, mais concourt également à la fondation démocratique. De sorte que des contrepoids internes, des procédures garanties par l'État, des mécanismes ne relevant pas du marché s'imposent à son bénéfice. Les ordonnances d'août 1944 concernant la presse n'entendaient pas seulement réagir contre le péché collaborationniste. Elles se proposaient de rendre impossible cette tyrannie de l'argent sur l'information qui avait si funestement marqué les années 30.

Ce sont là des banalités. Leur rappel n'a d'autre but que de souligner la gravité de la régression contemporaine. Car tous les freins, tous les verrous posés en 1944 ont effectivement sauté. L'héritage d'août 1944, pour ne citer que celui-là, a été jeté par-dessus bord. Les médias, pour une bonne part, sont désormais livrés – et dociles – au marché. Cette évidence est à ce point entrée dans les faits qu'elle ne suscite plus guère de discussion. Pas plus que ne surprend – ou n'amuse – cette colonisation de l'information par la phraséologie publicitaire (cibles, gamme, créneau…) ou l'esperanto de la « communication », dont le sérieux empesé prête à sourire.

On a mille fois décrit et raconté les ravages de cet intégrisme mercantile appliqué aux médias. Cette progressive dégradation de l'information en racolage tapageur, cette toute-puissance emblématique des stratèges analphabètes et des marchands de vent, cette irruption des brasseurs d'argent venant s'offrir un journal – ou une télévision – comme les parfumeurs mirobolants des années 30. Le consentement de l'esprit public européen à ce grand retour en arrière, la faiblesse des résistances, la timidité des contre-offensives demeurent autant de mystères. Tout comme restera mystérieux ce ralliement empressé de la gauche à une dérive dont les résultats étaient prévisibles [1].

On ne reprendra pas, ici, le détail du réquisitoire. On se contentera d'en souligner un seul aspect. L'impérialisme du marché sur l'information n'entraîne pas seulement une rétrogradation de celle-ci au rang de pure marchandise, la victoire sans appel du divertissement sur l'information et du consommateur sur le citoyen. Il aboutit, de façon plus pernicieuse, à une révision du concept même de vérité. Le marché ne retient et ne

---

1. On ne mesure pas toujours, chez nous, à quel point l'affaiblissement actuel de la presse écrite d'information est sans précédent depuis un demi-siècle. Non seulement la plupart des quotidiens ou hebdomadaires d'informations accusent de graves déficits, au point d'être rachetés, les uns après les autres, par des hommes d'affaires, comme dans les années 30, mais le coefficient de lecture est en baisse régulière. Notamment en France. Au nombre d'exemplaires de quotidiens vendus par millier d'habitants, la France est désormais en septième position dans l'Europe des Douze, avec un coefficient de 157, contre 340 pour le Danemark ou 362 pour la Grande-Bretagne. Aux États-Unis, le nombre d'exemplaires vendus a diminué de moitié depuis 1945.

recycle que les « vérités » vendables. Il ne s'intéresse qu'aux « révélations » pour lesquelles on subodore l'existence d'un public. Les autres, toutes les autres, sont renvoyées au néant. « Ce qui n'est pas montré sur TF1 n'existe pas », lâcha un jour avec aplomb – et réalisme – Étienne Mougeotte, directeur adjoint de la chaîne. L'affirmation était objectivement comique. Elle est, hélas, à prendre au pied de la lettre. Le marché ivre de lui-même anéantit, au sens propre du terme, toute réalité qu'il n'est pas susceptible de vendre.

Il finit par remodeler la vérité elle-même et la perception que nous en avons. Il redécoupe ou reconditionne le réel de sorte qu'il devienne produit consommable. Il effectue un tri qui est l'équivalent d'un mensonge. Soit par omission : la vérité invendable cesse d'exister. Soit par artifice : la « vérité » subalterne mais rentable voit son statut exagérément surévalué (le fait divers, l'anecdotique, le « marronnier »[1] sans importance, etc.). Ainsi, le discours médiatique qui prétend décrire le réel, en définitive, l'invente.

Sans le dire, évidemment. Ce redécoupage intentionnel, ce « choix » ne se présente jamais pour ce qu'il est. Il se dissimule derrière l'alibi du compte rendu. Il objective indûment son point de vue : « voilà ce qui est » et non point « voilà ce que j'ai choisi ». Le « mensonge ingénu » tient tout entier dans cette ruse. Le médiatique établit, jour après jour, une hiérarchie à laquelle il feint d'obéir. Quant à la question principale,

---

1. Sujet rabâché, dans l'argot journalistique.

celle des valeurs et des critères qui président à cette sélection, elle n'est jamais posée. Et pour cause. On ne s'accommoderait pas facilement d'un « scandale » philosophique ainsi énoncé : en matière d'information, le marché ne fausse pas seulement notre approche du réel, il la définit.

Dans quel sens ? C'est tout le problème. Dans le commerce des choses, comme on le sait, l'innovation, le « c'est nouveau, ça vient de sortir », le produit jamais vu bénéficient d'une prime de curiosité. Le marché leur sourit. C'est sur elle que table la mode qui donne pour tâche d'inventer sans cesse de nouveaux désirs. Il en va à l'inverse dans le commerce des idées. Et ce n'est pas pour rien. Ce commerce-là n'est pas sans rapport avec la récurrence d'une angoisse. Le « confort intellectuel » répugne à la nouveauté. Il réclame principalement d'être rassuré sur lui-même. Il est en quête d'approbation et s'échauffe dès lors qu'on s'aventure à déranger sa quiétude. En s'alignant sur la demande à satisfaire – c'est sa fonction –, le marché de l'information favorise donc mécaniquement le connu, le repérable, le testé. Pour ce qui concerne la pensée, il court vers le cliché, le lieu commun avec autant de hâte qu'il se détourne de toute conjecture minoritaire. Il écarte l'audace conceptuelle, l'hypothèse trop neuve. Il est donc, par l'effet de sa propre logique, un formidable accélérateur de conformisme.

L'impression de ressassement que donne le discours médiatique n'a pas d'autre origine. Celui-ci est devenu une structure de répétition, un outil de reproduction à l'identique, une ritournelle. Se trouve ainsi vérifié, au-delà de toute espérance, le postulat « extravagant » du physicien Heinz von Foerster : *L'environnement tel que nous le percevons est notre invention.* Sauf que le travail scientifique du chercheur autrichien, qui vise à démonter les mécanismes d'un système auto-organisé et le paradoxe de la « complexité », débouche sur une philosophie volontariste : c'est en sachant la difficulté de l'entreprise que nous devons nous efforcer de nous « déprendre de nous-mêmes ». « L'impératif éthique, écrit von Foerster, sera : agis toujours de manière à augmenter le nombre des choix possibles[1]. »

Le conformisme de la modernité occidentale agit en sens inverse. Indifférent à tout « impératif éthique », il invite à restreindre sans cesse les « choix possibles ». Se consolera-t-on en observant que cette trahison-là s'accomplit ingénument ?

Éloge de la dissidence

Ce conformisme, on l'a répété dans ces pages, n'est pas seulement une trahison. C'est un renoncement à soi-même. L'Occident rompt avec une exigence critique qui, historiquement, le fondait. On ne dira pas – ce serait ridicule – que le phénomène médiatique et celui de la « communication » soient à l'origine de ce renoncement. Mais ils en sont les symptômes et les ins-

---

1. Texte intitulé *La Construction de la réalité*, inséré dans l'ouvrage collectif publié sous la direction de Paul Wazlawick, *L'Invention de la réalité*, Le Seuil, 1988. L'adjectif « extravagant » est de von Foerster lui-même.

truments. Les questions qu'ils posent ne sont pas subalternes.

Elles dépassent largement les petits « jeux de rôles » contemporains sur la moralité des journalistes, le sérieux d'une corporation, les mensonges répertoriés, etc. Autant d'occurrences assez marginales, grâce auxquelles, exceptionnellement, une intention affleure, une faute est repérable. Brefs moments de – fausse – clarté où prévaut soudain l'illusion d'une simple défaillance professionnelle qu'il suffirait de corriger. Ces mises en accusation périodiques des médias, comme on le sait, deviennent elles-mêmes un bon sujet médiatique. Circularité parfaite : la critique du spectacle est mise en scène à son tour... Ces admonestations se répètent comme des rituels conjuratoires. Et rassurants. Ils laissent à penser qu'une solution déontologique, une réforme seraient à portée de la main et suffiraient à tout. En réalité, c'est dans ces moments de contrition et d'autocritique déclamatoire qu'on est le plus éloigné de l'essentiel.

La question médiatique, en effet, ne concerne que très accessoirement la conscience – malheureuse ou non – des journalistes. Elle ne se ramène pas à une simple revendication morale ou éthique, encore qu'il soit *aussi* question de morale dans cette affaire. Elle désigne un mécanisme d'une tout autre portée. Ce qui est à l'œuvre dans le médiatique, c'est une logique aveugle, structurelle, dans laquelle se trouve piégée la modernité occidentale. C'est un défi qu'aucune déploration, aucune nostalgie n'aideront à relever. Il n'y a pas un « âge d'or » de l'information démocratique qu'il faudrait pleurer. Il n'y a jamais que des contradictions nouvelles, spécifiques, successives auxquelles il faut s'affronter vaille que vaille. Celles du mensonge télévisuel, du dévoiement médiatique et du conformisme de la communication sont devant nous. Ce ne sont pas des fatalités. Elles génèreront tôt ou tard – elles génèrent déjà – des résistances, des contrepoids, des contre-pouvoirs. Entre la démocratie et ses ennemis, il en va comme entre le bouclier et l'épée : à menace nouvelle, parade inédite. Les pessimistes feront leur profit de cette admirable métaphore de John Milton. Plaidant dès 1644 pour la liberté d'expression, le poète anglais soulignait en ces termes la vanité impuissante de toutes les censures : « Un esprit enjoué ne réussirait guère à éviter la comparaison avec la prouesse de ce vaillant personnage qui crut, fermant sa grille de parc, enfermer les corneilles[1]. »

La télévision, le satellite, le réseau sont des outils trop neufs et évolutifs pour qu'on désespère de les apprivoiser. Quant à la pesanteur du conformisme, a-t-on jamais vu qu'elle ait durablement raison de l'esprit critique ? Il faut faire, sans se lasser, l'éloge des dissidents, ces « corneilles » échappées du parc...

---

[1]. John Milton, dans son pamphlet *Areopagitica*, cité par Francis Balle dans son manuel *Médias et Sociétés*, Éd. Montchrestien, 5ᵉ édition, 1990.

HYPOTHÈSE...

Conclure ? Bien sûr que non. Les sept questions examinées dans ce livre ne débouchent que sur des « conclusions ouvertes ». L'intention de l'auteur était de montrer précisément qu'aucune d'entre elles n'était « fermée ».

Bornons-nous à pointer du doigt une hypothèse. Celle d'un possible malentendu historique. Il s'énoncerait ainsi. Le fantasme, qui travaille aujourd'hui la modernité occidentale, se rattache peu ou prou à la crainte de l'*invasion*. Invasion physique de l'immigration, qui viendrait dynamiter nos sociétés, rompre leurs équilibres et dissoudre leur « identité ». Invasion des marchandises fabriquées à bas prix dans des pays que n'entravent aucun scrupule social et aucune législation correspondante. Invasion de la violence, enfin, que rendent toujours plus imaginable la banalisation de la puissance militaire et, demain, la prolifération atomique.

Hanté, jour après jour, par ces trois menaces, l'Occident craint de ne pas être, éternellement, en mesure de défendre la civilisation qu'il estime avoir bâtie. Il se voit comme une citadelle assiégée. C'est d'abord sur sa puissance commerciale, technologique et militaire, sur ses armées, ses polices et ses ogives, qu'il compte pour tenir la barbarie à distance et sauver cette modernité dont il se dit l'inventeur. Même un grand projet comme celui de l'Europe est d'abord conçu comme un outil de résistance aux menaces – notamment économiques – venues du dehors[1]. L'URSS, de la même façon, tenta de conjurer, pendant cinq décennies, sa grande peur de l'« encerclement capitaliste » grâce à un formidable arsenal, construit *au détriment du reste* et dont l'énormité semblait suffisante pour pérenniser le communisme. Piètre calcul, comme on l'a vu. Dans leur évaluation des menaces, les gérontes du Kremlin se trompaient d'ennemi. Et de logique. On ne défend pas une « civilisation » en trahissant, quotidiennement, les valeurs qui la fondent. On ne donne pas impunément la priorité aux « procédures » sur le contenu même de ce qu'on entend protéger. A long terme, la puissance est infirme.

L'Occident n'est-il pas tenté aujourd'hui par le même contresens ? Il n'est pas absurde d'imaginer que la « concurrence » à affronter dans le futur soit d'une tout autre nature. Non point une concurrence de puissances mais de valeurs. Moins un assaut des barbares que la

---

[1]. Critiquant, notamment pour cette raison, le traité de Maastricht, Paul Thibaud reprochait à ses initiateurs de privilégier « le mécanisme sur le but », les procédures au détriment des valeurs, de faire passer le contenant avant le contenu : la logique de Maastricht l'emportant, effectivement, sur celle de Sarajevo.

perte d'un privilège philosophique et historique. La modernité est, en effet, depuis le XVIᵉ siècle et la Renaissance, un concept essentiellement occidental. C'est d'abord l'intensité et le rayonnement des Lumières qui firent la force de l'Europe puis de l'Amérique. Rien ne nous assure qu'il en ira toujours ainsi[1]. Si nos Lumières faiblissent de cette manière, si nous y sommes à ce point infidèles, rien ne permet d'exclure l'émergence d'une autre forme de modernité, y compris démocratique. Loin de nous. Sans nous. Mieux que nous.

Une modernité qui viendrait ainsi défier la nôtre sur son propre terrain. Ainsi se trouverait clos un cycle de l'Histoire commencé voici trois siècles et demi et durant lequel les grands courants bouddhistes, confucéens, islamiques ou autres se trouvèrent distancés, puis relégués. Il y aurait là une sorte de « passage de relais », un « retournement » effectif du monde. Voyez un peu l'imprévisible bouillonnement asiatique... « L'esprit traditionnel de l'Asie, déclarait en 1994 un diplomate japonais, doit être réévalué et elle doit être à même de projeter ses valeurs universelles le plus largement possible. » Lui faisant écho, le philosophe japonais Watazu Hiromatsu écrivait la même année, peu avant de mourir : « L'Occident est en train de perdre sa centralité dans l'histoire mondiale[2]. » L'hypothèse n'est

---

1. Cette hypothèse est notamment avancée par Dwight Bogdanov et Vladimir Lowell dans leur livre, *A World History*, University of California in Moscow, 1993. Ouvrage recensé dans la revue *Commentaire*, nᵒ 65, printemps 1994.
2. Témoignages rapportés par Philippe Pons, *Le Monde*, 2 décembre 1994.

pas souriante. Ce n'est qu'une hypothèse. Elle a le mérite de nous aider à mieux entendre une vérité qui n'est simple qu'en apparence : la trahison des Lumières n'est pas seulement une faute.

C'est une imprudence.

TABLE

I. UN SIÈCLE PRÉMATURÉ	9
De la commodité des empires	11
Fragilités démocratiques	13
Un pas de trop	17
S'évader du présent	20
Le paradoxe militant	24
L'optimisme impitoyable	27
II. L'IDÉOLOGIE INVISIBLE	37
Des fidélités inhabitables	38
L'intégrisme de l'argent	41
L'esprit du capitalisme	44
Du coquin au parvenu	48
Gens de peu et nouveaux pauvres	51
Le consensus inégalitaire	57
La chariah du marché	60
Un nietzschéisme mou	65
III. LA DÉVORATION DES VICTIMES	69
Les anciens cynismes	71
La double injonction	75
La rhétorique victimaire	81
L'angélisme mystificateur	87

La vidéo-surveillance planétaire 91
Mission dans le Bronx 95
Le fardeau de l'homme blanc 101

IV. LE RETOUR DES HOMMES-LIEUX 105
Les mots et les choses. 107
Les « préjugés utiles » 111
Un rendez-vous manqué 117
Une « erreur système » 125
Ambivalence du national. 130
La nation à contrecœur. 136

V. D'UN FONDAMENTALISME À L'AUTRE. . . 145
Post tenebras lux 148
Le « quinquennat sans Dieu » 152
Le « mal d'Occident » 156
La nouvelle sauvagerie 161
Un projet décapité 166
A haute et claire voix 171

VI. LE « MOI » DEVENU FOU 181
La petite musique. 185
Le deuil et la déréliction 189
Une dissolution programmée 194
L'effet retard 198
Le juste et le bien 202
Aristote et les communautariens 205
Des fils à renouer 210

VII. LE MENSONGE INGÉNU 215
L'avalement du monde 216
Le retour de l'ordalie 221
L'Agora postmoderne. 226

La courtoisie du club 230
La panique et le sondage 232
L'invention du réel 236
Éloge de la dissidence. 241

HYPOTHÈSE... 245

DU MÊME AUTEUR

Chaban-Delmas
ou l'art d'être heureux en politique
Grasset, 1969

Les Jours terribles d'Israël
Seuil, 1974

Les Confettis de l'Empire
Seuil, 1976

Les Années orphelines
Seuil, 1978

Un voyage vers l'Asie
*Seuil, 1979
et « Points Actuels », n° 37*

Un voyage en Océanie
*Seuil, 1980
et « Points Actuels », n° 49*

L'Ancienne Comédie
*roman
Seuil, 1984
et « Points Roman », n° R479*

Le Voyage à Kéren
*roman – Prix Roger-Nimier
Arléa, 1988
et « Arléa-poche », 1996*

Cabu en Amérique
*(en collaboration avec Cabu)
Seuil, « L'histoire immédiate », 1990*

L'Accent du pays
Seuil, 1990

Sauve qui peut à l'Est
Arléa, 1991

Le Rendez-vous d'Irkousk
Arléa, 1991

La Colline des Anges
Retour au Vietnam
(avec Raymond Depardon)
Seuil, 1993

Sur la Route des croisades
Arléa, 1993
Seuil, « Points », n° P 84

Écoutez voir !
Arléa, 1996

La Porte des Larmes
(avec Raymond Depardon)
Seuil, 1996

La Traversée du monde
Arléa, 1998

Printemps vietnamien
Paris audiovisuel éd., 1998

La Tyrannie du plaisir
Seuil, 1998
et « Points », n° P 668

La Refondation du monde
Seuil, 1999
et « Points », n° P 795

Le Principe d'humanité
Seuil, 2001
et « Points », n° P 1027

IMPRESSION : S.N. FIRMIN-DIDOT AU MESNIL-SUR-L'ESTRÉE
DÉPÔT LÉGAL : MAI 1996. N° 29153-2 (63100)

Collection Points

DERNIERS TITRES PARUS

P1010. Une odeur de mantèque
par Mohammed Khaïr-Eddine
P1011. N'oublie pas mes petits souliers
par Joseph Connolly
P1012. Les Bonbons chinois, *par Mian Mian*
P1013. Boulevard du Guinardo, *par Juan Marsé*
P1014. Des Lézards dans le ravin, *par Juan Marsé*
P1015. Besoin de vélo, *par Paul Fournel*
P1016. La Liste noire, *par Alexandra Marinina*
P1017. La Longue Nuit du sans-sommeil
par Lawrence Block
P1018. Perdre, *par Pierre Mertens*
P1019. Les Exclus, *par Elfriede Jelinek*
P1020. Putain, *par Nelly Arcan*
P1021. La Route de Midland, *par Arnaud Cathrine*
P1022. Le Fil de soie, *par Michèle Gazier*
P1023. Paysages originels, *par Olivier Rolin*
P1024. La Constance du jardinier, *par John le Carré*
P1025. Ainsi vivent les morts, *par Will Self*
P1026. Doux Carnage, *par Toby Litt*
P1027. Le Principe d'humanité
par Jean-Claude Guillebaud
P1028. Bleu, histoire d'une couleur
par Michel Pastoureau
P1029. Speedway, *par Philippe Thirault*
P1030. Les Os de Jupiter, *par Faye Kellerman*
P1031. La Course au mouton sauvage
par Haruki Murakami
P1032. Les Sept plumes de l'aigle, *par Henri Gougaud*
P1033. Arthur, *par Michel Rio*
P1034. Hémisphère nord, *par Patrick Roegiers*
P1035. Disgrâce, *par J.M. Coetzee*
P1036. L'Âge de fer, *par J.M. Coetzee*
P1037. Les Sombres feux du passé, *par Chang Rae Lee*
P1038. Les Voix de la liberté, *par Michel Winock*
P1039. Nucléaire chaos inédit., *par Stéphanie Benson*
P1040. Bienheureux ceux qui ont soif..., *par Anne Holt*
P1041. Le Marin à l'ancre, *par Bernard Giraudeau*

P1042. L'Oiseau des ténèbres, *par Michael Connelly*
P1043. Les Enfants des rues étroites, *par Abdelhak Sehrane*
P1044. L'Ile et Une nuit, *par Daniel Maximin*
P1045. Bouquiner, *par Annie François*
P1046. Nat Tate, *par William Boyd*
P1047. Le Grand Roman indien, *par Shashi Tharoor*
P1048. Les Lettres mauves, *par Lawrence Block*
P1049. L'imprécateur, *par René-Victor Pilhes*
P1050. Le Stade de Wimbledon, *par Daniele Del Giudice*
P1051. La Deuxième Gauche, *par Hervé Hamon
et Patrick Rotman*
P1052. La Tête en bas, *par Noëlle Châtelet*
P1053. Le Jour de la cavalerie, *par Hubert Mingarelli*
P1054. Le Violon noir, *par Maxence Fermine*
P1055. Vita Brévis, *par Jostein Gaarder*
P1056. Le Retour des Caravelles
par António Lobo Antunes
P1057. L'Enquête, *par Juan José Saer*
P1058. Pierre Mendès France, *par Jean Lacouture*
P1059. Le Mètre du monde, *par Denis Guedj*
P1060. Mort d'une héroïne rouge, *par Qiu Xiaolong*
P1061. Angle mort, *par Sara Paretsky*
P1062. La Chambre d'écho, *par Régine Detambel*
P1063. Madame Seyerling, *par Didier Decoin*
P1064. L'Atlantique et les Amants, *par Patrick Grainville*
P1065. Le Voyageur, *par Alain Robbe-Grillet*
P1066. Le Chagrin des Belges, *par Hugo Claus*
P1067. La Ballade de l'impossible, *par Haruki Murakami*
P1068. Minoritaires, *par Gérard Miller*
P1069. La Reine scélérate, *par Chantal Thomas*
P1070. Trompe la mort, *par Lawrence Block*
P1071. V'la autre chose, *par Nancy Star*
P1072. Jusqu'au dernier, *par Deon Meyer*
P1073. Le Rire de l'ange, *par Henri Gougaud*
P1074. L'homme sans fusil, *par Ysabelle Lacamp*
P1075. Le Théoriste, *par Yves Pagès*
P1076. L'Artiste des dames, *par Eduardo Mendoza*
P1078. Zayni Barakat, *par Ghamal Ghitany*
P1079. Éloge de l'amitié, ombre de la trahison
par Tahar Ben Jelloun
P1080. La Nostalgie du possible. Sur Pessoa
par Antonio Tabucchi
P1081. La Muraille invisible, *par Henning Mankell*